U0476715

影入平羌

一代核科学家的奋斗人生

王秀清◎主　编
孙吉荣◎副主编

四川教育出版社

图书在版编目（CIP）数据

影入平羌 / 王秀清主编, 孙吉荣副主编. -- 成都：四川教育出版社, 2024.8

ISBN 978-7-5408-9107-7

Ⅰ.①影… Ⅱ.①王… ②孙… Ⅲ.①传记文学–中国–当代 Ⅳ.① I25

中国国家版本馆 CIP 数据核字（2024）第 100124 号

影入平羌
YING RU PINGQIANG

王秀清 主编　孙吉荣 副主编

出 品 人	雷　华
策划组稿	卢亚兵
责任编辑	梁康伟
责任校对	李萌芽
封面设计	庞　毅
责任印制	李栩彤
出版发行	四川教育出版社
地　　址	四川省成都市锦江区三色路238号新华之星A座
邮政编码	610023
网　　址	www.chuanjiaoshe.com
制　　作	四川云猫创意文化传播有限公司
印　　刷	成都兴怡包装装潢有限公司
版　　次	2024年8月第1版
印　　次	2024年8月第1次印刷
开　　本	787mm×1092mm　1/16
印　　张	14.5
字　　数	220千
书　　号	ISBN 978-7-5408-9107-7
定　　价	68.00元

如发现质量问题，请与本社联系。总编室电话：（028）86365120

美丽的九〇九基地

　　因承担中国第一代核潜艇动力研发任务而得名的九〇九基地，如今已成为红色教育基地、不可移动革命文物。它位于峨眉山与平羌江（青衣江）的怀抱之中。这里环境优美，诗人李白曾写下脍炙人口的《峨眉山月歌》：

> 峨眉山月半轮秋，
> 影入平羌江水流。
> 夜发清溪向三峡，
> 思君不见下渝州。

青衣江

峨眉山远望景。在九〇九基地，晴天清晰可见山峦起伏之状

九〇九基地旧址

九〇九基地 2 号居住点旧址

九〇九基地机关小院（四合院）旧址

机关小院旧址大门

办公楼旧址

指挥部旧址

彭士禄事迹展览室

九〇九基地的红色教育基地标志

已退役的"长征一号"核潜艇

代 序

九〇九基地，这里发出了中国大陆第一度核电，研制出我国第一艘核潜艇"长征一号"，创新研发出具有完全自主知识产权的三代核电技术"华龙一号"，这里是中国核动力工程的摇篮。

1965年，中央军委批准建设九〇九基地，当年从全国科研院所抽调的数以千计的科技人员与数百名大学毕业生汇集到此，攻克一道一道科技难关，唱响了奋斗者之歌。

近60年过去了，长江后浪推前浪，青出于蓝而胜于蓝，九〇九基地的传承者，中国核动力研究设计院的青年，以继往开来的拼搏精神，继续奋勇前进着！现在，九〇九基地已经成为国家工业遗产、红色教育基地，是不可移动革命文物。

《影入平羌》讲述爱国学子在我国第一代核潜艇总设计师、"时代楷模"彭士禄的带领下在九〇九基地的奋斗历程，其展现的奋斗、献身精神，成为九〇九基地文化积淀的宝贵财富。虽然书中所记录的人物仅是万千位九〇九基地奋斗者中的几颗水珠，但也能让人从中感受到〇九精神和九〇九基地的优秀传统。希望这种精神和传统能传播到全国各地，激励新时代奋斗在科技领域的青年继续创新奉献！

中国核动力研究设计院党委书记　王丛林
2024年5月1日

目 录

001　彭士禄的"超验现象"
　　——记中国核动力事业开拓者，我们的领路人　/祖　慰　林普凯

017　走向九〇九基地的旅程　/陈雄月

039　自强一生苦作乐　齐家报国甘如饴
　　——记第一代中国核潜艇核动力专家王承基　/孙吉荣

065　漫漫人生路　悠悠科学情　/李兴汉

089　红色少年从清华园到九〇九基地　/施永长

105　我的圆梦之路
　　——中国核动力研究设计院原院长杨岐自述　/杨　岐

133　从核潜艇设计到核科技与信息研究
　　——记为我国核事业奉献终生的核动力与核信息专家齐植棣　/王中秀

157　农村少年的科技人生　/王秀清

183　核电强国逐梦之路　/袁瑞珍

209　专业科室工作如鱼得水　/邱希春

220　后记

彭士禄的"超验现象"
——记中国核动力事业开拓者,我们的领路人

文 | 祖 慰 林普凯

彭士禄

| 科学家简介 |

彭士禄（1925—2021），广东汕尾海丰人，革命英烈彭湃之子，中国第一任核潜艇总设计师，中国工程院首批院士之一，被誉为"中国核潜艇之父"。1956年，彭士禄毕业于苏联莫斯科化工机械学院，后又在苏联莫斯科动力学院核动力专业进修。1958年结业回国后，彭士禄一直从事核动力的研究设计工作，先后被任命为中国第六机械工业部副部长兼总工程师、中国水电部副部长兼总工程师、中国广东大亚湾核电站总指挥、中国国防科工委核潜艇技术顾问、中国核工业部总工程师兼科技委第二主任、秦山二期核电站联营公司首任董事长。2021年，彭士禄在北京逝世，享年96岁；同年，被追授为"时代楷模"；2022年，被评为"感动中国2021年度人物"。

彭士禄是核动力专家，是我国核动力领域的开拓者和贡献者之一，为我国核动力的研究设计做出了开创性贡献。

1987年。北戴河。傍晚。

海面好似镶上了反光玻璃,呈现出从未见过的蓝色。我和中国社科院的叶廷芳副研究员徜徉于金色的海滩上。

"现代主义艺术纷杂得像海浪一样不确定。"他散淡地聊着,"可是不确定的海浪构成了确定的海,不确定的现代主义艺术呈现出一种确定的创作方法——不同于浪漫主义、现实主义的创作方法。我命名为'泛表现主义'。现代艺术家们不再喜欢把现实的经验世界来一番主观夸张,或来一番典型化的浓缩,而是刻意拓造一个'超验'的世界来感性显现现代审美意识。卡夫卡的由人变的甲虫与常人共处的世界,马尔克斯的传说与现实混沌不清的世界,毕加索的立体主义世界,勋伯格的十二音序列音乐世界,全是'超验'的。"

"超验",本是康德的哲学用语,指一切超出经验认识范围的东西。后来有的文学家借用于文学,意指超现实的文学世界,如神话、魔幻、荒诞等。

"啊,对,太对了!一团乱麻似的现代派艺术,一下让你的'超验世界'统摄起来了!"我因茅塞顿开而喊叫起来,"老叶,你的理论不是在砸报告文学家的饭碗吗?报告文学写的是真人真事,是完全彻底的'非超验'世界。我这次来到北戴河,正准备采访彭士禄呢。他是我国第一任核潜艇总设计师,是我国第一个核动力装置的主要设计者,为此,他荣获全国科学大会奖,和黄旭华、赵仁恺等10人一起荣获国家科学技术进步奖特等奖。可是,写下来不都是'非超验'文字吗?老叶,你的理论,在我的心目中越确定,写这篇报告文学的决心就越不确定……"

管他确定不确定,预约好的会见必须确定地前往。

听说这位我将要采访的人物曾被郭沫若聘请为中国科技大学的副教授,海外报刊都说他有学者风度,还听说他曾当过六机部、水电部的副部长,还是中共中央候补委员,于是,我穿戴非常正式地去了。

进门一看，他的穿着同我想的反差太大了：他穿的是背心、短裤，鞋袜全无。原来他竟是位不太讲究的"短裤教授""赤脚部长"！

他伏案在算着什么，头也没转地向我扬了扬手，把我冷落十几秒之后才光脚走过来。一走过来，恰似一个满功率的反应堆，充满热情。他说："对不起，我正在算个参数，所以……"睿智而热情有度的叶秘书补充说："他正在为60万千瓦核电站进行计算。他只要一进入计算，世界就不存在了，谁说什么，谁喊他，他都听不见，恐怕在他身边试爆原子弹，他还要解完一个方程才跑！"他听完哈哈一阵笑，显现出了他和秘书之间轻松的关系。叶秘书笑完补充说："彭部长对下级不仅平等，还'共产'：亲戚送给他的礼物，我们可以分；工厂的工人朋友见他的打火机好，就'顺'走了；他出国回来，把彩电票及官价美金让给司机去买；有一次，他广东的侄女托人带月饼来，知道他爱'共产'，特意写上由彭部长转他爱人收，不让他拆封……"

"不说这些，不说这些。"他连连打断，请叶秘书给我沏了茶，他自己又拿了两个杯子，给我和他各斟了一小杯法国白兰地"百事吉"。

"用热茶伴着冷酒喝，太别致了。"我说。

他哈哈一笑（他的鼻音也像核反应，连锁爆发），说："好几年前的一天早晨，我的爱人——你就叫她'马大姐'吧——看我发愣，问：'你在想什么？'我说：'想我的第一夫人。'你马大姐说：'哦，想小玛莎（小玛莎是马大姐留学苏联时的俄文名字，她姓马，就依据姓名，谐音成玛莎。彭士禄比她大9岁，就叫她小玛莎）。'我对你马大姐说：'不，我的第一夫人是核动力。'你马大姐说：'好，我让位。第二夫人该是我了吧？'我说：'不，第二夫人是烟酒茶，第三夫人才是你。'你马大姐拧了我一把，说：'我是第三夫人？不干，离婚！'我说：'好好好，小玛莎升为第二夫人！'你马大姐对我的事业没的说。"

我插话："一个成功的男人背后，必有一位近乎完美的女人。"

"对，太对了！"他有个习惯手势——跷大拇指。我发现他在讲"第一夫人"是核动力时跷起了右手的大拇指，可他在讲"第二夫人"小玛莎时，两只手的大拇指都跷起来了。他又说："因为抽烟、喝酒，在家老挨批评。为这，你马大姐打过我三拳，拧过我十把。你马大姐说：'这算什么，你还亲过我一千次呢！'酒，我一天只喝一两，有度，有利于创造。有位香港记者问我为什么大亚湾核电站不会爆炸。我说，核电站是啤酒，铀-235含量才3%，而原子弹是纯酒精，铀-235含量93%，用火柴点酒精能着，点啤酒就不可能着。哈，是酒给我灵感。烟，我准备在年底以前戒掉。"

没想到这位部级干部第一次同我谈话，一进入就是"老朋友话题"，我赶紧在本子上记下来。

"别记，别记。你不要写我，不然我就不谈了。"他开始干预了，"我答应约见你，是因为看过你的作品，觉得你我很投缘。我62岁，属牛。从你的自传文章知道你也属牛，小我一轮。两头'牛'相会，你就当我的小老弟吧。"

我停下笔，想起叶廷芳的"超验世界"理论，觉得不记不写也可以。

他看我停下笔，情感的热核反应更烈了，说："不是我爱拜兄弟，是我这个人本来就有几十位父母、上百个兄弟姐妹……"

他讲起了他的童年。他的父亲是中国现代农民革命运动的先导者彭湃。母亲在他3岁那年牺牲，父亲在他4岁时就义，他成了孤儿。地下党把他寄养在拥护红军的穷苦人家。为避免敌人"斩草除根"，他一个月甚至几天就得换一个家。每进一家就改名换姓，认父认母认兄弟姐妹。他不知换了多少个家，姓百家姓，吃百家饭，穿百家衣。他5岁就当小用人，8岁时被捕入狱，后来做过乞丐，为求生存，他放牛、打柴、种地、绣花……

这不是一个"超验"的童年吗？我想。因为父母是革命烈士，他正常的生活链被切断了，开始非常规的生活，于是就出现了"超验"的童年。哦，不仅是童年，似乎他62年来的社会角色链也是"超验"的，是一个奇特的行列式：

小孤儿	小用人	小囚犯	绣花仔
游击战士	模范护士	模范学生	化工技术员
苏联留学生	翻译专家	研究室主任	副教授
副总工程师	副院长	总设计师	副部长

= 核动力专家

他还是令世界舆论"超验"的另一个行列式中的主角之一：

落后的工业	后进的科技	稀缺的人才
特殊的年代	封锁的情报	匮乏的资金
较短的时间	较好的组合	较优的性能

= 核潜艇

彭士禄让我发现了一条"文学新原理"：真实的报告文学也可以是"超验"的。全世界有几个人像他那样有那么多父母和兄弟姐妹？全世界有几个人像他那样担任过那么多社会角色而最后成为核动力专家？全世界有几个人像他和他的万千同事们那样在那么差的条件下研制成核潜艇？这些不都是不符合正常逻辑的"超验现象"吗？

对不起，彭大哥，我可顾不得你反对了，这篇报告文学非写不可了！谁叫你的事业和人生有"超验现象"呢！

于是，我甩开彭大哥去采访了很多人，像试验超导材料一样去开掘他的"超验现象"。

受访者回顾到：

"在他之前有个草案。核堆一回路有个主要参数，压力选为200个大气压。这个参数来自已经取得成功的某国核动力船舶的设计。彭士禄经过计算，画出曲线，断然指出这个数据是错误的。若选200个大气压，临界热流小，元件还会被烧坏，会出大事故。他认为，根据核热工学，70到90个大气压的临界热流最大，但不能取这个最佳值。综合考虑热效率及元件安全，取了一个满意值。我们搞第一个核反应堆，自己没有任何成功经验，舍弃别人的成功经验不用，不攀附大树，这是有风险的。可当时还是个无名小卒的彭士禄自信地拍板了。过了一段时间，某国的科研杂志上公布了我的大气压参数，他们取 200 个大气压，而降为 130 个大气压。我们避免了一次大返工。"

"对于要不要先搞一个陆上模式堆，有人认为没有必要，因为陆上模式堆不仅会使试制费提高一半，而且会推迟核潜艇下水的时间。彭士禄根据计算判断，认为花这个钱是'吃小亏，占大便宜'，只有这样才能保证一次性成功。在陆上模式堆即将建成时，又有人提出，陆上模式堆若控制不好会很危险，会成为一颗随时可能爆炸的原子弹。彭士禄还是根据计算判断，果断地说：'即使陆上模式堆控制失灵，也不会爆炸。'双方争论很激烈。1970年，陆上模式堆达到满功率，一次成功的事实证明彭士禄的判断是完全正确的。

"为了安全，有人在蒸汽发生器的蒸汽侧加了个'安全阀'，试车时总在漏气。他拍板将其割掉，因为在设计的计算中，最高温度也不会使二回路的压力超过设计压力。

"为了安全，控制棒搞了 9 个自动停堆信号，结果试车时常停车。他说，过分安全就是不安全，拍板去掉了几个信号装置。

"他敢于拍板，因此得了个外号叫'彭拍板'。下级认为这个外号是褒义的。在精准数据基础上的拍板，是对人民、对历史敢于负责的表现。可对于有的人，这个外号是贬义的了：'不请示，目无领导！'他过于天真，因为这点也吃过苦果子。

"他的思维方式也有独到之处。譬如，我们都在寻求最佳方案，在决策时什么事都求'多快好省'，企求任何指标都是最佳，而他不！他从不取某一值的最佳参数，而是在多变量中寻求一个较为满意、适度的方案。他称之为'度'。这一点，他同获得诺贝尔经济学奖的西蒙的思维方式相近。西蒙认为在经济领域里没有最大利润方案，因而开创了崭新的经济理论。是彭士禄把相近的观点应用于核工程。在核潜艇核动力的研究过程中，'彭拍板'

不知拍过多少次板，现在想来，还找不出他有重大失误的拍板。我想，其原因恐怕同他不求最佳方案有关。"

"1962年，国家经济困难，核潜艇工程下马，只剩一个由50多人组成的核动力研究室。这些人中大多数是锅炉、化学、物理等专业刚毕业的大学生，只有五六个人懂核动力，其余全是外行。此时，彭士禄出了个点子，由他和韩铎、蒋滨森等人给大家开了5门课——反应堆物理、热工、结构、自动控制及动力装置。一共教授了两年，他们就把这些外行都带到了核动力学科的前沿。

"看起来这是培养科研骨干的常识，实际上其中包含了一个'思维软件'：只要能到达某学科的知识前沿，就到达了创造性思维的临界状态（就像铀-235到了临界质量，原子核自动裂变，就到了产生连锁反应释放巨大能量的状态），这时，我们就和这学科中的任何先行者或权威机会均等，可以创造出与他们一样的成果来。从彭士禄到这些刚出茅庐的学生，谁都没造过核潜艇的反应堆，连见也没见过；但是，我们设计出来了，造出来了，不亚于任何外国权威当初的业绩。

"我们总说要树立民族自信心。怎么个树立法？有人通过拼命宣传古人的成就证明中国人很聪明来树立信心。请问哪一国人比中国人笨？既然都很聪明，说这还有什么意义？我看，彭士禄等的'把一批人领到创造性思维的临界状态'，是我们建立民族自信心的科学基点。彭士禄这个人很自信，他认为只要自己接受了当代完备的科学教育，就同该学科的所有人站到了同一起跑线上。核潜艇的成功研制，证明这个观点没错。既然这些毛头大学生学了两年核科学，就能完成世界最尖端工程的设计，那么，各行各业的毛头小子或无名中老年们具备了那个学科的前沿知识，都有可能设计出那一行最尖端的产品！你到了临界状态，在创造性思维领域里同一切人机会均等了，就该来一次'智慧的核爆炸'了！

"彭士禄等当初给我们上课时没有想到会有如此效应，是研制成了核潜艇后他才悟到的。但是,彭士禄从一开始就那么自信,说明他已有了'只要能到达学科前沿就和一切人机会均等'这一'思维软件'了。信不信由你,我们正是靠了这样的民族自信心,才使核潜艇从无到有……

"有一次,我跟彭总下厂,发现了一个有趣现象。很多工人及技术员请他吃饭。若他谢绝,想请客的人就会失望。可是,只有几天时间,他哪能排得过来!他来了个'少吃多餐',一顿饭就吃几家。这已不是在吃菜、吃饭,而在'吃情'了。

"他和工人、技术员关系特别亲密。在武汉,一位技术人员的母亲去世了,没钱买棺材,他便让妻子送去100元。在北京,有一天,他接到一个电话。一位名叫要智慧的八级钳工患了心脏病,正在住院。要师傅说:'我如果能见彭部长一面,就算死也瞑目了。'彭总接到电话后,驱车百余里去医院看望要智慧。彭总深深敬重这位工人师傅,因为这位钳工在陆上模式堆核元件的安装过程中做出过重大贡献。他们是上下级,又是挚友。彭总的探望使要智慧感动得热泪盈眶。大幸,要智慧后来康复了。

"核堆一回路有个主泵,是个关键设备。由于一回路水是高压高温的,主泵的电机定子必须全密封。主泵还要双转速。我们只在外国杂志上看到过一张照片,再没有任何其他情报资料。彭士禄让我们画了个草图,到工厂去找技术员和工人,讲清楚技术条件,特别讲清原理。这个以原理为中介的思维方式,产生了结果:设计者、制造者(技术员和工人)的智力产生了'正反馈耦合',且耦合力越来越大,硬是造出了一个中国式的全密封且噪音很小的性能先进的主泵。

"过去讲了几十年'领导、技术员、工人三结合',主要方式是同吃同住同劳动的,只是摆摆样子。彭士禄把三者当作创造的共同体,以目标为凝聚力,以原理为中介,真正地'三结合'了,不,是真正地使三信息源产生'正反馈耦合'的巨大效果了。他就在这样的耦合中与工人、技术员结成了共同命运的情感。

"外国人觉得我们的核动力装置一次搞成而且速度那么快是个谜,我给你说其中一个谜底吧。彭士禄要求设计人员参与自己设计的设备制造，还要亲自调试。这'三合一软件'使得我们受益匪浅。例如，陆上模式堆试车时，蒸汽高压阀出了问题，制造人员不知问题出在哪儿。那位'三合一'的设计人员一看就判定是薄膜质量不佳，马上就解决了。这样的例子极多。控制论鼻祖维纳指出近代新科学产生于两门科学的结合部，彭士禄认为中国式的核动力专家产生在三种能力的综合点上。

"'三结合'及'三合一'说来平常，简直是老生常谈；但是彭士禄将其放在现代思维方式中一番处理，却成为'超验现象'了。

"是的，我是学经济的，在彭部长手下工作过。你问我对他这几年专攻经济有什么看法，好，我先告诉你一个消息：这位核动力专家正在撰写一篇经济文章——《现在价值法浅说》。这是研究核电站工程经济的文章。他建立了自己的一套经济学概念，还写出了自己的一套特别简洁的计算公式。我看过初稿，是很有独特见地的文章。

"过去他搞核潜艇，是国家拨款。他诙谐地说：'大锅饭工程的定义就是利率等于零的工程。'改革开放之后，他受命去搞广东大亚湾核电站，碰到了引进外资的问题，就有了利率、浮动率、投资概算、付款、付息、还本等一系列与时间有关的经济学问题。以前搞核潜艇也讲速度，那是由军事、政治的需要来确定的，速度与经济无关。现在搞核电站，时间真正成了金钱了。亚当·斯密说，经济是只看不见的手，操纵所有人的行为。那么，他这位核动力专家就再不能不管经济而决策。他要尽快熟悉和驾驭这只'手'，不然这只'手'将窃走人民巨额的血汗钱。

"他攻读了国际原子能机构出版的《核电站投标经济评价》等文献，验算了书中的数据。他还有个特别才能，可以从数据中推导出公式，就像发现三大行星定律的开普勒，能从前人观测到的杂乱数据中推出那么优美的公式一样。他不仅从书本学，还在宴会、闲聊等各种场合向外国人学。

"很快，他就入了经济学的门。他提出了核电站工程的三大控制，即投资、进度、质量控制，并为投资和进度控制问题建立了数学模型。

"外国投资者来谈判,他再不是谈原则或像在集贸市场那样讨价还价了。他在争论时能上台写出公式,画出曲线,用数据论证什么样的价格和付款方式是公平的、互惠的。外国投资者十分惊讶,没想到中国核动力专家也精于经济之道了,这种惊讶或许就是'超验'吧!

"我作为学经济的,更惊讶于他用工程数理来简化经济学的公式。一个极复杂烦琐的计算过程,到他那儿,简单极了。例如,他根据支付工程中段最为公平的前提,把经济学上计算建成投资的公式大大简化了,两个公式计算结果相差很小,但工作量相差太大了。

"他还有一招,使学经济的人感到惊讶。他坚信宇宙是和谐的。凡成系统,各组成部分之间必有比例关系。空气中的氮、氧等成分有比例,世上男和女的人数有比例,核电站的各系统的价格也一定有比例。他从法国、英国、美国、德国投资者东一句西一句的谈话中问出了各系统的价格的比例,再参考一些资料,把比例关系的数学模型建立起来。这样,他只要算出其中一个子系统的基础价,其他子系统的价格就都能按比例估算出来了。整个工程基础价的天文数字般的计算量就被大大简化了。我称赞他的悟性极高,他却否认,说这是学工科的人再学经济所带来的思维优势。由此,他提出一个主张:国家教育部门应让一部分学理工的大学生再去拿经济学的第二学位,由这些人去搞国际贸易,不仅能使商业成功,还能引进先进技术。他说,我们请求外国人为我们引进技术,外国人不会出于道德心把先进技术给你,他们会尽可能地不让你掌握核心技术,原因是害怕造就竞争对手。只有懂工程又懂经济的人去做生意,才能在商业谈判中巧妙地逼着对方交底,不然我就不买你的而买另一家的。这是不是也可以归入'超验现象'?

"哎,你发现他生理上的'超验现象'没有?他已年过花甲,可他显得特年轻,皮肤白里透红,比你这小一轮的人的皮肤还显年轻。他解释说是因为乐观,与世无争,与世无求。不错,他善于把复杂的工程和经济问题做最简洁的解。可是他把这种思维方式应用于社会生活和政治生活,就大成问题了。我得不无遗憾地告诉你,他花了数年心血算出的一大本关于核电站建设的经济数据，常常是'纸上谈兵'。他在社会生活中碰了钉子，呵呵一笑，说声'历史会做出结论的'就完事了，虽有益于健康，但是，他的社会适应能力总不长进。他不仅'过五关、斩六将'，也会'失荆州、走麦城'，这才是我们的老彭……"

我大脑里浮现出北戴河那辉煌的蓝色大海来，我自说自话："不确定的'超验'的海浪构成了确定的充满生机的海。现代社会像海，这个正在开放、改革的社会更像海，彭士禄就是其中一朵海浪……"

彭士禄在苏联留学时留影

彭士禄的"超验现象"

彭士禄一家四口前往四川九〇九基地前在天安门留影

九〇九基地彭士禄的干打垒旧居

影入平羌

九〇九基地彭士禄旧居内景

彭士禄在九〇九基地工作照

彭士禄在九〇九基地与同事讨论技术问题

彭士禄（中）与赵仁恺（左）、黄旭华（右）在核潜艇码头

走向九〇九基地的旅程

文 | 陈雄月

陈雄月

| 科学家简介 |

陈雄月（1935—），浙江宁波人，研究员级高级工程师。1953年从上海市敬业中学高中毕业后，考入清华大学机械工程系。1955年转入清华大学工程物理系。1958年9月毕业被分配到中国科学院原子能研究所（现中国原子能科学研究院）。1966年转至715所。1984年转入武汉核动力运行研究所。历任大组长、研究室副主任、研究室主任。著有《核动力工程中的反应堆物理实验》，发表论文10余篇，获得全国科学大会、国防科工委、中核集团等颁发的科技成果奖9项。

1970年因在九〇九基地为陆上模式堆的零功率满装载成功做出贡献，陈雄月获715所通报嘉奖。

1935年7月13日，我出生于浙江宁波镇海。母亲共生育过七个孩子，养大了四个。我排行第三，上有二兄，下有一妹。大哥比我大12岁。我17岁那年父亲因病去世，家中全由大哥挑起生活担子。1953年我高中毕业，并考上了清华大学机械工程系，到北京上大学。

我虽生于宁波，实际在宁波生活时间不满3年。18岁之前一直在上海读书，18岁以后到北京上学、工作，33岁去四川参加三线建设。在四川工作16年后，于1984年调到湖北武汉工作，1995年在武汉退休 。退休后长住北京。

我的祖辈

我的曾祖父一辈子是农民，靠着曾祖母勤劳能干，她持家时期，在我的父亲出生那年，家中盖起来一栋住房，至今还在。据说，家中除种几亩耕田外，还种菜、养鸡、织渔网，家中三个妇女织一年渔网才买得起一根盖房的大梁。家中生活节俭，女人们晚上在月光下织网，为了省油，不点灯，常织到半夜才睡觉。祖父常年在汉口打工，担任过的最高职位是店员。他每年回一次宁波老家，有一次在轮船上认识了我的外公，这促成了我的父母的婚姻。有一年祖父得了伤寒病，回家养病一年，工作就没了，晚年只好在家种田。

我的祖父辈有兄弟二人，曾祖母为他们一人找了一个童养媳。我祖母非常善良，当童养媳时还没有灶台高，她从小失去父母，由她舅公做主将她嫁到陈家。她舅公是一个红帮裁缝。

我的叔祖母因患有脉管类的疾病，叔祖父不喜欢她，她不愿回家，后来她也早逝了。叔祖母是一个封建婚姻的受害者，一辈子就把我们兄妹四人看作她的后代，我二哥在她身边生活至少有5年时间。她让我们家多了一个劳动力，也培养了我二哥早起、勤劳的习惯。

我的母亲姓吴名素云，出身书香门第，外公曾由科举考试入仕途，当过通判，科举制废止后，外公到汉口银楼工作。我的舅舅是清朝最后一届秀才，可惜英年早逝，留下二女一男，男孩亦早逝。外公从此整日闷闷不乐，不到60岁就去世了。母亲36岁时才生我，因此我对外公一点印象都没有。

我的父亲母亲

我的父亲算是第二代学徒工，名叫陈锦棠，小名长发，小时候在家乡读过两年私塾。20世纪30年代初我家同村一个出五服的远房本家叫陈利华，他在上海做南货北运生意发了财。他儿子在上海开了一个参号，叫复昌参号，我父亲就去那里打工，几年后升为店员。后来老经理过世了，我父亲升为经理。

我出生时父亲40岁。那年我的大哥12岁，去上海读中学，就住在父亲店里，睡在父亲的上铺。第二年母亲带了我和二哥去上海，为的是照顾大哥的生活。我3岁时，家里添了一个妹妹，她有一次出麻疹很严重，转为肺炎，父亲硬是把她救活了。我曾有过一个姐姐，据说还是一个小美人，父亲很喜欢她，她在农村也是出麻疹，3岁时夭折了。

母亲在上海5年，身边带着三个孩子，也真不容易，她怕孩子离开她不行，一是怕生病，二是怕被坏人拐走。1941年大哥中学毕业，发愁找不到工作时，从报上看到诚孚铁工厂办的纺织工学院招生的消息。学校的招生条件特别吸引人：不要学费，连食宿费也免了。大哥考上后，就有了出路。母亲认为长子工作安排妥当，就领着我们三兄妹又回宁波了。

我6~8岁住在宁波乡下，母亲教了我很多东西：识方块字、读小人书、织毛线、绣花等。她给我讲《说岳全传》，到了岳飞用沙盘练字，岳母为岳飞刺字"精忠报国"，我至今记忆犹新。母亲曾读过一年私塾，后来都是舅舅教她。她知书达理，也懂些医学常识。我上学晚，9岁才上学，之前全靠母亲的家庭教育。

陈雄月和母亲

1943年，日本兵从舟山、北仑登陆，从我家乡经过，不少当地妇女惨遭奸淫，有一个邻村妇女，用一把柴挡身才躲过一劫。日本兵入侵打破了宁静的乡村生活。当时社会贫富差距很大，社会矛盾也日益突出，我亲眼见到村里的阿林一家，终年劳累还吃不饱穿不暖，一件衣服补丁重补丁，厚得像铜板。社会秩序很乱，人心惶惶。这一年我家也进了一次强盗，逼我母亲拿钱，否则要把我二哥作为人质带走。母亲沉着应对，说家里有什么都可拿去，我们不是富裕人家，没有大量钱财。后来他们拿走一些大米之类吃的东西，还把我大哥的一只玩具望远镜和一把大洋伞也拿走了。在这种情况下，父亲立即来宁波把我们四人接去上海，留下叔祖母在乡下看家。她一人念佛过日子，因想念我们而常常哭泣，后来眼睛也哭瞎了。逃难时，村里的阿林用一对箩筐把我和二哥挑上轮船，父亲则抱着妹妹。船快到上海时，一片混乱，大家抢着登岸，船倾斜得快要翻了，船长命令扔掉包裹，慌乱中父亲误把妹妹当包裹扔掉，听到妹妹的哭声才慌忙把她捡回来。到了上海后我们暂住姨母家，后来在隔壁找到一间空屋就住下了。这是南市区老西门静修路50弄8号的一个客厅，我们一家就在此一直住到我18岁上大学。

等我们长大些，不再睡地铺时，一间房子不够用了。母亲勤俭持家，在后房小间上搭了一间阁楼，在天井里搭了一个做饭的小棚子，二哥就睡在阁楼。父亲住在店里，偶尔回家一次。大哥住在学校，周末回家。父亲重视我们的学习，当时兵荒马乱的市场上买不到描红本，他就让大哥为我们写样子，做临摹。我们练的是刘禹锡的书法，没事干就在家练书法，不到外面去瞎闯。

1949年上海解放。我们四兄妹后来全部读了大学。这是新社会为我们创造的条件。二哥中学上的是上海中华职业学校，毕业后在祥生汽车公司工作两年，和我同一年考上清华大学机械系。一年后二哥调入留苏预备班，1955年到1960年在列宁格勒大学读空气动力学，回国后他被分配到复旦大学任教。

父亲于1952年因病去世，享年57岁。1954年，大哥调到北京工作，任北京国棉一厂计划科科长，1955年我们全家迁居北京。母亲于1966年在北京去世，享年68岁。

战火中的童年

1937年七七事变和淞沪会战时，我们一家都在上海，那时我还只有两三岁，尚无记忆，1943年再次逃难到上海定居时已满8岁。我们里弄对面有一所小学，叫静修小学，每天放学时，小朋友们都在学校大门口列队。我特别羡慕，希望自己也能上学。

1944年春节过后，在母亲同意下，我报名入学，加入一个春季班，从二年级开始学，读语文第三册，我有信心能跟上，唯一不懂的是规则。第一次上作文课，老师布置：今天是自由命题。老师说完，同学们都埋头写起作文来。我不知道写什么，急得大哭起来。老师走过来问我为什么哭，我说，我不知道写什么，后来老师安慰我不要着急，先在一边看看书。慢慢地，我也学会写作文了。第一学期结束，我的考试成绩是第五名（全班20人以上）。我的初小成绩不断提高，二年级两个学期和三年级上学期分别是第五名、第六名、第五名，到三年级下学期，我的成绩升到全班第二名，四年级上学期的考试分数是全班第一，但还是得了第二名，原因是美术课老师给一位同学加了分。这位同学画了一只和平鸽，老师为了让她得第一名，将美术课作业加到101分，使她的总分高过我1分，提为第一名。当别的同学告诉我加分经过时，我没有意见，老师有这个权力，那位被加分的同学也是新来的，比我大一两岁，她长得出众、非常漂亮。几年后，我才知道这位美术老师就是越剧演员徐玉兰，也是后来才知道，毕加索画的和平鸽也是这样的。

我读书从未去争第一，因为这对我毫无意义。对于我读书一事，父亲总是说，女子无才便是德，读多了也没用。母亲支持我读书。为了让我读好书，她把一切家务都承担了。只是付学费一事让她很为难，所以我能少读一年就少读一年。为省钱，四年级上学期我转到离家远一点的德润小学。因为注册老师看了我的成绩单后说，你的成绩可以跳级，你来报名吧。这样我就到德润小学读五年级了。五年级上学期我考了第四名。从这年开始，我赶上与我年龄相应的秋季班了。

小学毕业后，我选择了在南市区城隍庙边上的明德女中，因为那所学校收学费少。但每天要走很远的路去上学。上初中的学费也是很贵的，尤其是新中国成立前，物价飞涨，一学期要一百多元，学期中还要加一次学费，所以我二哥就选读了中专，进了中华职业学校，毕业就可以工作。

初中三年我常为交学费而烦恼，幸亏老师帮我申请减免学费。记得有一次，我从包花生米的报纸上看到"红高乐奖学金"的消息，只要期终考试总平均分在90分及以上，把成绩单寄去，即可取得，我高兴得跳起来。父亲在一旁问我，你考几分啦？我回答，总平均93分。他取过报纸看了一遍说，不行，申请的截止日期已过了。我初二时新中国就成立了，学费减免后我读到初中毕业。

考上公立高中

新中国成立后,上海市市立中学都不收学费,但相当难考,我家附近的敬业中学也从单收男生改为男女合校了。我报考的时候,每 80 人中录取 1 人,我被录取了。从此我就不再担心学费问题了。初中三年,我的学习成绩是全年级 200 名学生中的前 10 名。考试结束后去学校,班主任告诉我,两个班学生中包括我就只有 9 人考上公立高中,他说,我知道你一定会考上的。这 200 人中有一些家境富裕的上了私立高中,有的考了夜校,大部分学生失学了。后来教育改革,私立学校也不收学费了,夜中取消,合并入日中。记得我读高中一年级时父亲病重住院,一次母亲让我去医院送东西并看望父亲,父亲很高兴,问我,今年的学费落实了吗?我回答,敬业中学一学期只收 9 元学杂费,我的压岁钱已够用了,让他不用操心。1952 年父亲因病去世后,由大哥、二哥负担我的生活费,我才顺利完成了高中学业。

敬业中学是一所很老的学校,其前身为申江书院,创办于 1748 年。它的课程设置是符合标准的,师资条件也是一流的,使得我的数理化、语文、外语基础在高中更上了一层楼,这对我考入清华大学很重要。学校里思想政治工作也抓得很紧,高中三年社会生活稳定,抗美援朝时我们还参加宣传队,记得曾为小学生宣讲志愿军"杨根思英雄排"的事迹。

1953 年高中毕业,全国统考。敬业中学同班约 40 位同学全部考上大学,其中有 3 人到苏联留学,我和秦士、袁本鑫、杜肖根、张纯根、李梅丽、廉慧珍 7 人考上清华大学,这说明敬业中学的教学质量是好的。我的二哥在中专毕业服务社会两年后,此时也可以报考大学,他也考入清华大学机械系,我们在同一个系。1953 年 9 月,我和二哥告别家人到北京读大学,这在新中国成立前是我们想也没想过的。国家吹响大建设的号角,我们能赶上这班车,意义非同寻常,这也是我的祖辈们勤劳努力的结果,特别要感谢母亲的支持。

我还要感谢初一、初二时的同桌周尔承,她家藏书很多,她为我提供过很多课外读物,从《红楼梦》《水浒传》《三国演义》《镜花缘》《儿女英雄传》到《清宫十三朝演义》《唐宫二十朝演义》等,她几乎每隔几天就会带一本新的来。由于是借来的书,我迫使自己抓紧时间看完。这对我打好语文基础、了解社会很重要。初三她转入市立第六女子中学,大学就读于上海财经学院,我们虽相隔两地,但一直保持着这种纯真的友谊。

陈雄月

初中同桌周尔承

清华岁月

1953年9月初,清华大学派老师来上海接新生入学,包了两节火车车厢,火车在浦口停留时,还为学生供应食品。送到校园后,女生被分配到强斋住,我二哥住在荷花池宿舍,第二天就有老师送我们去颐和园游览,中午还送包子和菠菜炒鸡蛋来。有一位同学竟一次吃了15个包子,令我记忆深刻。我第一次离家出远门,安静下来时就特别想家,坐在知春亭大哭了一场,什么地方也没去玩。我二哥皱起眉头坐在一旁,他也很想家,但他忍着不掉泪。

不少女同学来自上海市第三女子中学,她们高中就住校了,不会像我们这样想家,非常活跃,周六她们相约去参加舞会,我只会在大操场看电影。由于清华大学尚简朴之风,她们中有的同学把带来的皮大衣等高档衣服都退回家去,烫的头发也剪短了。她们在学业上也很强,有的高中时就学过微积分了,学起来轻松自如。清华大学的功课排得很紧,开学后大家就忙碌起来。校园大,每天够我们走的,第一堂课在阶梯教室上,第二堂课可能在化学馆上,下课到大饭厅吃饭,晚上还要到图书馆复习功课。清华同学都特别勤奋,晚上在图书馆上自习还需要抢座位。我的动作较慢,第一学期全靠我二哥帮忙占座。我们从上海来京的学生,不知道要吃馒头,一早吃一碗稀粥,到10点钟就饿得不得了,到后来也学会了吃馒头。

开学后听蒋南翔校长的报告,传达时事任务和中央政策精神,钱伟长教务长的报告也很精彩,马约翰老师的报告是令人终生难忘的,"为祖国健康工作50年"的口号成为大家的锻炼目标,还规定要通过劳卫制考试。学校还常请名人来演讲,外交部乔冠华的报告很受欢迎,我们在校园里也可常看到中央领导的身影。印度尼西亚时任总统苏加诺来演讲时,周总理在一旁作陪。这些都鼓励着大家努力学习,奋发向上。

学校里的课外文娱活动也很丰富,除看电影、参加周末舞会外,我们还可以去音乐室聆听古典音乐,参加国内外音乐讲座,参加舞蹈团学习集体舞等。

入学一年后大家都适应了紧张又有节奏的校园生活,大一、大二我在机

陈雄月和清华同学盛菊芳 　　　陈雄月 　　　清华同学何柞倩

械制造系机械制造专业八二班，完成数理化基础课及画法几何、工程画等设计必修的公共基础课学业。班干部吕孝勤和何祚情还鼓励我去班会上介绍过一次学习经验，这说明我已适应了紧张的校园生活。

后来，我被通知转入工程物理专业学习，我转入的班是从全校各系抽出来的学生组成的该系第一个班，共46个人，由何东昌先生任系主任。这个系的成立，意味着国家建设急需培养比院系调整后的工学院更高一级的尖端人才。到这个班要学习更多的现代科技知识，第一年还得花全力补充高一层次的基础理论课，如赵访熊教授的特殊函数、运算微积分课，栾汝书教授的积分方程课，李欧教授的高等数学课，杜庆华教授的弹性力学课，孟昭英老师的无线电电子学课，欧跃华老师的高等化学课；还有新从美国回来的受聘教授们的课程，如徐亦庄老师的量子力学课，王明贞老师的热力学统计物理课，徐樟本老师的电动力学课；还有每周从校外请专家来讲授的课程，如中科院力学所林鸿荪老师的高等力学课，彭恒武教授的反应堆物理课，杨承宗教授的放射化学课，梅镇岳教授的原子核物理课，还有虞福春老师的核物理实验测量技术课；专业课核理论课由校内从苏联留学回国任教的张礼教授讲授，我们每周要赶到北大去听两次加速器课及电工技术课等。

这十七八门课要在两年内学完，任务是相当重的。为了赶时间，有一年暑假前，我们曾蹚着水去四教听课。系里能请这么多优秀老师给我们上课，何主任是功不可没的。这些课程为我们后来的工作打下了很好的基础。

1957年3月蒋南翔校长传达毛主席《论十大关系》时，大家情绪还很高。5月去参观完北大的"一株毒草"大字报之后，学校几乎就停课了。1957年暑假全班去东郊酒仙桥电子管厂参观实习，上半年课程都已学完，其后就上些第二外语英语课。我们大学时上的一直是俄语课，大部分人是在高中时学的英语。反右派斗争开始后，因理工合校问题，有4位我班同学被划为右派。大四时全班分4个专业学习核物理实验、反应堆工程同位素和加速器等。专业课分开听课，我被分在核物理实验专业。该专业共10位同学，分别是赵葆初、陈玲燕、季莲华、温登进、王继禹、程庆长、戚鸣皋、牟绪程、王琦和我。张礼教授的课是我们的主课。据说学校原来打算第五年将我们这批学生分配到中关村赵忠尧教授处做毕业论文的,反右派斗争开始后就取消了,一部分同学留校当教师,大部分参加十三陵水库劳动。我在大四结束时,因胃病严重而便血,在校医院住院一周,基本好转后身体仍很弱,系里让我参加铸工车间劳动,勤工俭学。这一时期我有空就看小说。清华大学图书馆中外古今的小说都有,我看了《安娜·卡列尼娜》《复活》《钢铁是怎

陈雄月(右一)和家人在国棉一厂门口

清华大学工程物理系物八班组建60周年聚会合影。前排右七为陈雄月

样炼成的》，还有普希金的诗，什么都看，看完一本换一本，看了不少。1958年9月在参加完反右补课后，我们就毕业了，学校隆重欢送毕业生走上祖国建设岗位。我和李霭、李嘉樑、王炎康、杜兴义5人第一批被分配到二机部（即中华人民共和国第二机械工业部），有一天一辆大卡车把我们连行李一同送到三里河报到。从此，我们结束了大学5年的学习生涯，告别清华园，走上工作岗位。

在401所的日子

二机部招待所就在三里河部大楼旁的一栋楼里，新分来的人是全国各大学各专业的毕业生，都在此报到，先集训一个月，然后再进行分配，到各基层单位去。集训首先是听大报告，有宋任穷部长的报告、钱三强副部长的报告，他们在报告中要求我们苦战三年，基本掌握尖端技术，提倡边干边学，准备做一辈子无名英雄。钱副部长的报告很生动，我们第一次听到原子核爆炸时的三大威力——核辐射、冲击波和光辐射的详细描述。集训时还有参观游览，这对于在北京毕业的同学就不是新鲜事了。

集训结束，清华大学5人被分配到位于北京西南的401所。我们到所里时，这里刚刚完成一堆（101重水实验堆）一器（加速器）的建设，我和李霭二人被分到2室22组罗安仁领导的大组工作。这个大组的目标是建立零功率堆实验室，厂房正在设计施工，厂房内的大设备包括操纵保护系统和电子仪器，已由401所内各专业室负责，2室22组承担的是核心装置设计加工以及建成后的运行、测量等工作。零功率堆活性区是一个新项目，涉及核安全，零功率堆活性区为核心设施，这个装置主要是为了培训设计、运行方面的人才的，我和李霭、曾乃工跟苏联专家沃罗皮尧夫做活性区结构设计，罗安仁组长为我们做俄语翻译工作。在我们分配到小组前，专家已做了安全规程方面的讲解，由罗组长翻译，资料十分详细。401所领导要求大家像挤牛奶一样多向专家学习，吸取他们的经验。罗组长每周举办一次学习经验交流会，所以401所的人学习风气很盛，同志间互相交流工作心得、互相学习，使集体快速成长起来，我们从老同志那里学习制作探测片的方法，如罗璋琳、李茂季、苏炳文同志教我们用擀面条一样的办法，使用压辊重新压制铟探测器，用冲膜切割成圆片，厚度不合格的重压，和做饺子皮一样。我们晚上还参加法语学习，室主任何泽慧先生还组织人把德文版波特教授《对青年物理学家的忠告》翻译出来，让大家学习。我们在那种环境下成长是很幸福的。

1959年4月至7月，我和王豫生、杨祯、巩玲华、杨润棠等同志参加了去山西平遥的劳动锻炼。根据中央指示，我们这些"三门干部"都要下乡接受一年再教育，钱三强先生还亲自下去体验了一段时间，回来给大家做了一个报告。我们下乡前，干部部门同志还提前去了解乡情，告诉我们一些易误会的方言。这一期劳动锻炼，我和王豫生提前回来，室里要我跟尼柯尔斯基专家做反应堆参数测量。经过这4个月的劳动锻炼，我的胃病也好了，人也长胖了。

研究室同志去山西平遥参加劳动锻炼前合影。前排右二为陈雄月

跟随尼柯尔斯基专家做参数测量工作，401所有很好的条件。在清华大

学接受过杨承宗老师的授课，我完全可以不费劲地接受任务了。苏联专家热情辅导，不厌其烦地回答我的一切问题。后来在专家回国前的欢送会上，他说："如果没有她（指我）的工作，我今天恐怕还回不了国。"其实只是我的提问多一些，接触他的次数多一些而已，我们都是像挤牛奶一样争取多吸收一些专家经验，他布置完一项任务，我们立即完成，然后再接受新任务。专家的表态说明他不讨厌我提问题，我感到很欣慰。最后他还敬了我一杯酒，等我喝完，他说："她喝酒和做工作一样痛快。"

从1959年7月到1960年5月，我跟尼柯尔斯基专家学习了近一年时间。1960年8月，苏联专家全部撤回，我们专业也没有新的专家来，以后的路要靠自己走了。为完成动力堆研究设计，我们自力更生地搞起了东风3号零功率装置，在扩初设计阶段要做大量的零功率实验，以校核计算程序。我也参加了东风3号的零功率运行实验的值班运行，一天几班倒做水位法临界实验。

1960年的结婚照

我1960年5月结的婚，此时三年困难时期的苗头已经显露，到1962年8月我儿子已经满月了。其间，有时汽车缺乏燃油，我们从401所进城也需要坐火车，但是在401所工作，每天保证有牛奶供应，所以我还没有饿过肚子。这阵子提倡"工业学大庆"，大家工作劲头还是很足的。

1960年11月7日，在我值班运行时发生了一次短周期事故，这是我终生难忘的。

东风3号上的水位法临界实验，是为动力堆堆芯设计临界计算程序作校核验证的，实验时活性区燃料装载量会大大超过临界值，因此需要添加慢化剂来达到临界，寻找临界水位。实验变化方案有上千个，为争时间抢速度，一天完成两三个临界实验是常事。室里大部分运行班采用分段控制加水速度的办法，第一步用大橡皮管向堆芯注水，第二步用大盆向活性区增加水，到达可以外推计数求临界值时，按规程规定外推值的 1/2 加水，第三步用量杯加水。有的方案若多加 1000 毫升水即会达到瞬发临界，这时必须十分小心。室里已经顺利地完成很多方案的临界水位实验。我所在的班由周眉清同志任值班长，我任物理员，两个复员军人为操纵员，逯永清任大厅员，我们班前几次做的速度较慢，后来，我觉得我们可以在第一步加快速度。值班会上我提出这个建议，先用橡皮管注水到栅格板下，然后用盆加水，大家同意这么做。值班长亲自执橡皮管在坑底大桶旁加水，头伸入大桶看水位。可能他本来也不愿意这么做的，心中在嘀咕，结果水位一下就加到临界了，操纵员警告仪器有反应，得赶紧撤走水管，上面大厅员快速拧阀门。慌忙中值班长把水管向上举，未拿出桶外，水还继续向活性区流，最后仪器触发保护系统落下安全棒停堆。我们测得当时功率上升周期为 2 秒，若再多加入一些水就到瞬发临界了。国外已有瞬发临界的事故发生，他们仅仅是改变了一个容器的形状，直到看见切伦科夫蓝光才知瞬发临界到了，操作人员在容器旁受到大剂量照射。所以这次事故是十分危险的。当时，李毅所长下令停止工作两周，整顿思想，认识问题的严重性，找到问题根源。11 月 21 日，李毅所长来组里宣布成立新实验室，22 组从 2 室独立出来，任命符德瑶同志为室主任，牟维强为室支部书记，罗安仁为室副主任，加强班子领导。

　　困难时期过去后，到 1966 年，在罗安仁同志领导下，我们紧跟世界先进水平的步伐，这一段时期新的测量方法涌现出来，大家的眼界也开阔了，可以又安全又准确地测量堆动力学参数。

　　1965 年 12 月到 1966 年 5 月，我第二次下乡，在河南修武参加"四清"工作队，我爱人也在河南安阳参加"四清"工作队，孩子由婆婆带到常州老家。"四清"一结束，我去常州接孩子回北京，婆婆也一起来了北京。一出北京站，到处是"打倒三家村"的大字报。

1966年以后，动力堆建设工程重新上马，作为三线建设项目之一，地点定在四川成都附近，我们45室承担了两个零功率装置建设的任务。45室原已确定了彭凤、夏翊等一个大组人员准备这项任务，但是随后二人先后因故退出，经过室里调整，由我替补这一空缺，任大组长，建设任务逐步转移到我身上。

1967年5月，我陪盛维兰去建设工地，顺便了解两个工号的土建进展情况。回京后，我一方面继续完成值班运行，并为工程建设配齐和培训人员，准备好搬往工程所在地的工作，包括解决运输设备、燃料元件的问题，以及资料的誊抄、复制工作。另一方面为工程建设订购一批新仪器、设备。一百多项订单已由彭凤提出，为落实订货，我参加了部里组织的两次大型订货会议，第一次在民族饭店，第二次在香山饭店。大型的实验非标准设备是第一次生产，落实较困难，直到1967年8月30日中央军委特别公函下达后，形势才好转。1968年7月18日毛主席批示下达后，工作进展更顺利了。我们给厂方提出的完成时间是很紧的，我向他们详细交底，商定仪器框图，在一台通用机上做线路试验，确定指标及交货时间，订立正式合同，随后确定我方派两人驻厂，厂方加班加点赶进度，在全厂停工闹革命的情况下，只有我们的项目在进行。到1969年4月26日验收完发货，任务按时完成。

陈雄月夫妇与孩子、婆婆

在九〇九基地的16年

1968年5月入川工作时，我33岁，到1984年末调到武汉关山105所时

49岁，我在九〇九基地工作整整16年。这生命中的黄金16年，我留下了许多美好回忆。

1968年5月，根据工地建设的进度，我们决定提前入川，在动力堆启动前早一些发挥两个零功率装置的作用。当时临时选出一个两人组成的勤务组来领导这次搬迁。我是勤务组组长，周铨康为副组长。先入川的有谭日林、张秀琴、陈发培、于青、赵翼瑜、黄文楼、陈绍能、何乾明、陈志模、陈曾涤、樊坚、梁振生、张林发、郑仲实、吴坤炳、盛维兰、沈德贵、钱纪生等人留了下来。在上海先锋电机厂驻厂的有刘福生、梁建宗、唐国兴三人，在北京驻厂的有谢玉琪、杨岐二人。

这二十多人除一位是工人外，其余都是1963年到1965年毕业的大学生，他们已在401所培训三年以上，对工作已经熟练。

在"工业学大庆"影响下，大家以"先生产后生活"为指导，本着"没有条件创造条件也要上"的精神，比大部队提前一年多到工地。我们的工号是建得最远的一个，为方便工作，大家决定住在工号里，用办公桌当床。一开始还觉得很顺利，我白天代表工号去开会，晚上计划第二天要干什么事，但安装调试工作头绪很多，两个工号同时进行，每天都很忙碌。

2号点家属宿舍区和工程指挥部之间建了许多小工号，是为完成196模式堆启动服务的，大家各自完成自己的任务，互不往来，有点"鸡犬之声相闻，老死不相往来"的味道，各工号内部也无官兵之分，一律平等，组长和副组长由选举产生。

基地指挥部召开工作现场会，每天彭士禄和赵仁恺两位总工从1号点过来，下午各自带着指令回工号传达。当时上级规定我们不搞运动，只能正面教育，有时开大会传达报告。

自从我去工程建设基地后，儿子跟他奶奶住在北京东郊机场叔叔家，他婶婶生了孩子，两个孩子奶奶管不过来。有一次我孩子在楼下玩，正低头蹲在地上玩沙子，楼上小孩将一把小刀扔下来，正好把他一只大拇指指甲盖削掉了，痛得孩子大叫起来。奶奶听见哭声才下楼来。总算万幸，万一偏一寸扔到头顶上就不堪设想。出差期间我又去东郊看了他一次，从大北窑北京综合仪器厂骑车到大山子，骑的是一辆二八自行车。

从北京回川，军管会已进驻基地，不久715所以韩铎、臧明昌为首的物理组人员搬迁至工地，一比一模拟实验用零功率实验室18-5已竣工，我们两支队伍合并在18-5办公。为赶在动力堆启动前把一比一模拟实验做完，我们加班加点地运行，有一段时间是一天三班倒，24小时不停工。由于当时计算技术落后，通量测量数据计算完时，堆芯元件已撤走了，经过调整后的数据，只能等第二炉燃料到货后再测。

1970年8月30日，我国第一个动力堆达到满功率。我们这才松了一口气。有一些技术问题也在第二个堆芯上复测解决。

我爱人1970年5月也调到四川工作，一家人都到山沟里生活了。搬家时我因为工作正忙，也没有回北京，丢了两件东西，使我很心痛，一是一本孙中山纪念画册，不知借给谁看了未收回，二是母亲送我的一套精美盖碗茶具，他们走时忘了从壁橱取下来。这些就算是我为工作的小小贡献吧，不值得一谈。

九〇九基地18号实验室大厅后大门

九〇九基地3号居住点家属宿舍楼。陈雄月住二层右侧第一家

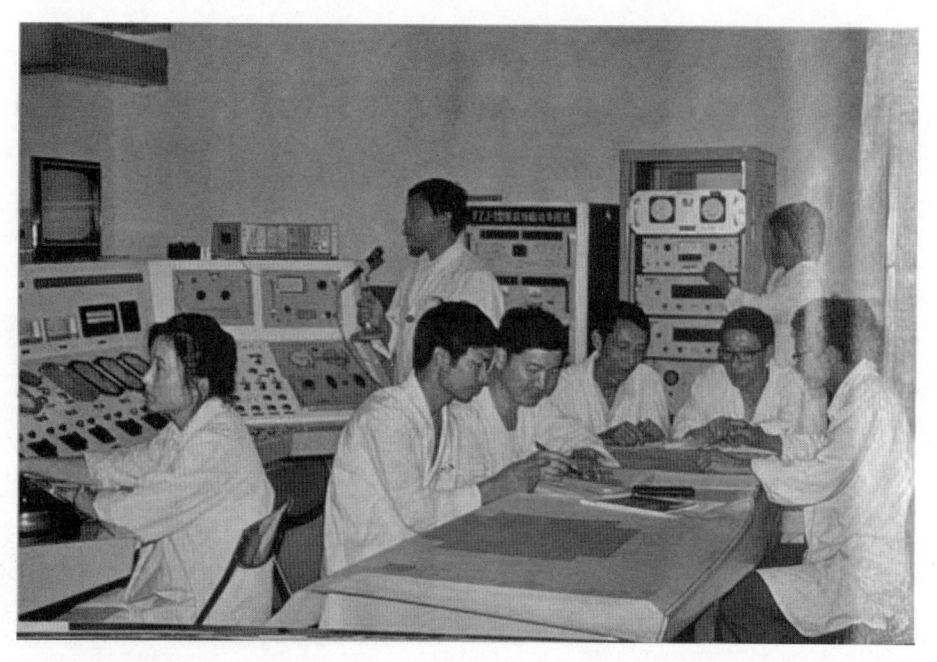

零功率装置控制室

陈雄月在零功率堆操纵台前

陈雄月在18-5办公室楼旧址前

在计算中心门口。前排左一为陈雄月

从 1973 年 10 月到 1980 年 10 月我们总共做过 7 次实验，其目的是为得到反应堆动态参数随燃耗加深的变化数据，了解堆芯燃耗末期与初期的变化和可燃毒物管浓度匹配是否合适，以及裂变同位素的生成变化情况。这种实验困难是很多的。在技术攻关过程中我们科研人员团结一心，不忘初心。事实证明，我国的技术已经超过了同时代的美国，最初被认为落后的压水堆堆芯，变为被全世界广泛应用的堆芯。2013 年，我国海军宣布我国核潜艇 42 年无事故安全运行，证实了我国技术已经走在世界前列。

在这些年的攻关中，九〇九基地的科研人员和工人无不本着党教导的初心去努力，完成任务，不计个人得失，功不可没。

自强一生苦作乐 齐家报国甘如饴
——记第一代中国核潜艇核动力专家王承基

文 | 孙吉荣

王承基

| 科学家简介 |

王承基(1933—1995)，辽宁复县（今瓦房店）人，高级工程师。1961年毕业于清华大学工程物理系反应堆工程专业。先后在中国科学院原子能研究所、715所、中国核动力研究设计院工作。

在国家核潜艇陆上模式堆等重大攻关项目中，王承基提出堆芯物理相关设计的优化方案，为项目运行节省了大量经费；在"长征一号"核潜艇首艇及后继艇研发中，他提出将哈林原理应用在堆物理设计中，使反应堆功率大幅提高。20世纪80年代初他参加核供热电站研发，1987年起在上海从事高等教育工作。他曾获国防科工委科学技术进步奖二、三、四等奖，撰写、翻译科研报告、论文等46篇。

王承基是我的丈夫。他的一生，历经抗日战争、解放战争、社会主义改造和建设、改革开放等时期，他本人也从一个工农家庭的孩子成长为一名核物理专家，为祖国第一艘核潜艇成功研制做出了重要贡献。他的身上既有中国社会大动荡的历史印记，也有个人艰苦奋斗的励志故事，彰显了一个中国知识分子的家国情怀。

兵荒马乱里的9年小学生活

1933年2月24日，农历二月初一。严寒的东北大地即将万物复苏。这一天，国际联盟大会发布报告书指明：东北三省主权属于中华民国；伪满洲国不是出自民族自决。但伪满洲国的幕后老板——日本完全无视国际联盟大会的报告，依然我行我素，并为此退出国际联盟，继续通过溥仪的伪满洲国控制中国的东北三省。

就在同一天，吉林公主岭的一个小门小户迎来了他们家的头一个男孩。这一天俗称"小龙抬头"，据说生下来的孩子不好养。父亲王锡三和年仅18岁的母亲董桂芝杀猪请客，祈求换得儿子健康成长，并因此给他取了个小名换生。换生的大名叫王承基。父母希望他承祖上荫德，奠家族基业。

王锡三祖籍辽宁九寨，此时在公主岭做伪满洲国的铁路扳道工。当时的东三省是全世界最重要的重工业基地之一，铁路工人的薪水足以维持全家生活。

转眼到了1940年2月，7岁的小承基上了小学。一上学，聪明懂事的王承基就崭露头角。他学习用功，成绩突出，对算术非常感兴趣，还喜欢结合生活举一反三。他看到爸爸扳道岔，就问爸爸这个站一天有多少趟火车通过，然后算出爸爸一天扳几次道岔。爸爸听着有趣，就再出点难的考他，说这里一天南行的车有多少趟，北往的车有多少趟，让他算算有几次道岔要扳。这时候，小承基总是能站在爸爸给他特制的木头小黑板前，动脑筋算出来。

好学的小承基在学校里的功课非常好。到学校张榜公示各年级、各班的大考名次时，脸上有光的王锡三就会换上长衫、提着马灯，喜滋滋地带着儿子去看榜。然后当着其他家长和孩子的面大声说："好孩子，第一名！回去爹再给你做套新衣服！"

可惜好景不长。小承基刚读完一年级，王锡三受倒卖烟土的拜把兄弟牵连而丢掉工作，不得已带着一家大小回老家避难。

那是一个大雨天。天不亮一家四口就冒雨上路了。父亲扛着行李，母亲抱着弟弟，8岁不到的小承基只好跟在后面自己走。雨地泥泞，一家四口马不停蹄地走到天黑。小承基累得看见路边的小毛驴就羡慕地跟妈妈说："咱们还不如路边小驴呢。它有草吃，还能站着歇会儿。"好不容易到了老家，乏极了的他一头倒在炕上就睡着了，一直睡到第二天中午，一下地才发现脚脖子又肿又疼。从那以后他的脚踝就落下了病根。

回到老家跟祖父母在一起，小承基得以重新上学。可是此时的抗日战争进入胶着状态，日本人在东三省到处抓身强力壮的男子去做劳工。父亲不仅无法稳定工作，还要东躲西藏。所以，小承基的第二次学只上了半年，就被迫辍学在家。虽然心里很难过，可是懂事的他什么也没说，白天上山拾柴，到火车站捡煤焦子，帮着父母挣点钱。但杯水车薪，无济于事。王锡三看这样下去全家都没有活路了，就下决心别妻离子，只身奔赴关内河北沧州表弟处当杂工。

这位表弟在沧州开煤场当老板，赚钱挺多。可是他吃喝嫖赌抽样样俱全，还六亲不认。王锡三给他干活，他只管饭，一分工钱都不给王锡三。这可怎么得了？东北的一大家子还等钱吃饭呢！王锡三只好利用办事的机会，把应得的那部分工钱扣下来寄回家。可是这些钱只够母子三人勉强吃饱肚子，根本不可能支撑王承基回学校上学。王承基一个要好的同学天天上学都路过他家门口，他可真羡慕啊！他想了一个主意，自己白天帮妈妈干活挣钱，等到晚上就去找以前的同学借学习资料。只要同学暂时不用，他就借过来，看书做作业，碰到看不懂的就问同学。就这样，断断续续地，王承基用自己的方式努力地跟着同学学点知识，聊以填补内心的渴望。

没过多久，表弟死于吸毒。王锡三接管了煤场生意。王家的日子一天天好起来，一家四口终于得以在沧州团圆。

辍学一年多的王承基第三次走进小学的大门，就读于沧州马厂街小学。这一天他盼望了那么久。一大早他就醒了，一骨碌爬起来，穿上妈妈给准备的新衣服，高高兴兴背起书包上学去了。当时沧州已是日占区，街上经常有日本军人行走。年少的王承基此时并不懂得国家正在生死存亡之际，他只知道有学上真好。沧州的邻居是位知书达理的先生，他很喜欢王承基，经常逗他玩。看见王承基聪明好学，他好几次跟王锡三说："这孩子你要好好栽培，长大了去北平念清华、北大。"王承基头一次知道了中国最好的大学在北平，是清华和北大。

好景不长。1944年到1945年，河北抗战形势非常紧张，日本人前方消耗巨大，就在此四处抢掠烧杀。王锡三的煤场很快就被日本人派兵进驻。为了一家人的安全，王锡三被迫先把妻儿四人送回老家，自己又只身返回煤场，尽可能回收资金。

回到老家，王承基才又读了半年小学，解放战争辽沈战役就打响了。学校迫于时局关门。他只好再次辍学在家，帮着年轻的母亲撑起门户，一边像半个当家的一样主外劳动，一边像半个父亲一样照顾年幼的弟妹。十几岁的王承基在艰难的生活中早早学会了各种谋生的技能，他既会下地种田，也能挑担卖货。只要能帮着母亲分忧解难，再苦再累的事他都咬牙撑着。为了能在火车卸下的煤焦中多捡些大的，他经常让弟弟在外面看堆，自己跳进煤渣堆里抢捡煤焦。有一次不小心他的右脚脚面被火热的煤焦烫伤，伤口发炎化脓，不能干活了，他就拄着拐杖指导弟弟种菜，以免错过播种的季节。到了晚上，他仍然坚持着通过借书和做作业来自学。

随着辽沈战役局势的变化，当地一会儿是国统区，一会儿又被解放军拿下。学校就在两边的拉锯战中，开开关关。但只要一复课，王承基一定会回学校上课。开课的时候，学校师资和生源都不足，学生基础又参差不齐，学校只好因陋就简，把不同年级的学生放在一个大教室里上课。老师先讲高年级的课程内容，讲完就留下作业让高年级学生做，再给低年级学生讲课。勤奋好学的王承基可不管自己应该是几年级。老师讲的高年级内容，他一样听，一样做作业。结果往往一节课下来，他既完成了自己年级的作业，又完成了高年级的作业，作业质量还非常好。老师发现后，高高举着他的作业本，去激励那些没有写好作业的高年级同学。由于学业优秀，老师都非常喜欢他，其中有一位王姓语文老师，还在他的作文评语中题诗一首，暗示愿将自己的女儿许配给他。后来直到王承基上了清华，王老师还在找他说这门亲事。但王承基以学业为重婉拒了，这是后话。

就这样，王承基从 1940 年上小学，一直到 1949 年，在炮火纷飞的抗日战争和解放战争中，在吉林、辽宁、河北三地九次进出校门，好不容易完成了小学学业。此时的他已经长成了 16 岁的少年。许多人美好的岁月被蹉跎了，但王承基的学业基础却打得非常扎实，性格也因为时局和生活的磨炼而格外稳重内敛。对他而言，一家人在一起，有饱饭吃，自己有学上、有书读，就是最幸福快乐的生活。

尽情享用废纸堆里的文化宝藏

1949 年 3 月，王承基考入县初中。他一如既往，学业稳稳地处在第一名，也一直担任班长和学校的学习部长，协助老师带动学习气氛。可是这个成绩的背后却有不为外人所知的艰难与辛酸。

土改时，父亲不在家，王承基代表家里去分地。村里人看只有孩子出面，就分了一块不好的地给王家。土改后，父亲回到老家，带回了沧州的积蓄，在镇上购置了房产来安置一家老小（家里又添了三个弟弟妹妹）。此时的家乡物是人非，王锡三一时找不到像样的营生，只能靠种地谋生。一家人的生活越来越捉襟见肘。作为长子的王承基很清楚家里的困顿。虽然他正是在长身体的时候,可是看见父亲叼着烟袋满面愁容,他不吭一声,宁可饿着也从来不跟父母要求在学校搭伙,每天中饭就从家里带两个玉米面饼子或一点玉米碴子饭,就着妈妈腌的咸菜吃。天天如此,伙食不仅单调无味,也不能满足基本营养,他更不时受到其他同学的嘲笑。可是,王承基不在意,跟口腹之欲相比,曾经多次失学的他更能从精神和学识的进步中感到幸福。转眼半年过去,他竟然把家中大半坛子的咸菜都吃光了。青春期严重的营养不良也使得他的身高只长到了一米七,比两个弟弟都矮了十多厘米。

进入10月后,东北的天下起了雪。温度越来越低,更严峻的困苦出现了。王承基在零下二十多度的冰天雪地里依然穿着夏天的单鞋,每天步行上下学。家里已经穷得只够果腹,连一双最便宜的乌拉草冬鞋都没有。没几天的工夫,王承基的双脚就冻得又红又肿,脚背高高肿起,单鞋也穿不进去了。一位好心的同学见他如此可怜,就从家里拿了一双宽大的鞋给他,又送给他一些乌拉草塞进去,好歹不用打赤脚了。

可是冻伤并不消停。脚冷的时候疼,脚热的时候痒。晚上睡觉时,王承基的脚奇痒无比,有时候整晚都睡不着觉,即使睡着了也睡得很浅。就算这样,他白天也照样坚持上课。课堂上脚痛脚痒他就按一按、挠一挠,硬挺着听课记笔记;一下课就可劲儿跺脚止痒。晚上在家,他坚持每天找些超常的难题来做。有一次,面对一道几何难题,他两个小时也没有做出来,很不甘心地在父母的催促下上了床。谁知道,脚痒睡得不踏实的他,竟然在梦里把那道难题做出来了。早上醒来,他兴奋地把解题步骤在纸上写下来,答案完全正确。就这样,他靠着超乎常人的学习兴趣和意志力,熬过了严寒,一直名列榜首。

学校的课本知识远远满足不了他。对求知欲旺盛的王承基来说,书是这个世界上最有魅力的东西。可是,家里连吃饭穿衣都不能满足,父母哪里有钱给他买书?

辽南地区盛产苹果。王锡三为了多挣点钱,开始行商贩运苹果。为了防止苹果在长途贩运过程中被碰伤、冻伤，苹果要用纸包起来。王锡三因此购进了很多废报纸、废书。这下爱学习的王承基如获至宝。为了赶在父亲把废书报用掉之前看完，他经常晚上不睡觉连夜看。他后来回忆说："四大名著中大概有三大名著，我都是断断续续在废书堆里找到看完的。"如果废纸堆里没有整本的书，他就有什么看什么。有日文的数学竞赛书（前文所说的那道几何难题就来自这本书），他就一道不落地把题都做两遍。有《三字经》《二十四孝》，甚至《女儿经》《圣经》的条文，他都看，看完一遍，只要来得及，他就再看第二遍、第三遍。碰到一本残缺的颜真卿字帖，他就在废纸上反反复复地临摹。

就这样，王承基如饥似渴地吸取着废纸堆里的精华，那些文化精髓深深地融进了他的血液。他不仅数学基本功打得非常坚实，也练出了一手好字。他接触了不少古今中外的历史文化知识，广泛地接受了各种人类思想精华的熏陶。我记得20世纪70年代的一年夏天，我们和邻居坐在外面纳凉，聊起人类哲学史，王承基侃侃而谈基督教的起源和发展；聊到婆媳关系，王承基也随口说了句《女儿经》里的"公婆言，莫记恨；丈夫说，莫使性"，惹得邻居哈哈大笑，问他："老王，你除了不会生孩子，还有啥不会？"

人在年少时大量、大范围地阅读和记忆，可以较好地开阔眼界、塑造心智，随着人生阅历的增加，慢慢地，这些文化瑰宝就会潜移默化地塑造出正确的价值观和人生观，也会构筑出一个人赖以进一步发展、得以触类旁通的知识体系，让人受益终生。

排除干扰，立志上清华

父亲王锡三也是一个要强的人。回到老家后虽然没有大生意做了，生活一度很困顿，但是他靠种地和贩运苹果，也足以让一家老小吃个温饱。日子有了起色，他看着长子承基的优异表现，发自内心地感到喜悦，成天跟村里的乡亲念叨："承基这孩子聪明，能念书，成绩好，将来家里卖苹果挣的钱多攒点，让他上清华，去留美！"

可是合作化运动以后，农村土地逐渐被收归集体，王锡三难以再靠种地和贩运挣到更多的钱了。孩子又一个接一个地出生。等到王承基初中毕业要填报志愿时，王锡三再不敢提留美的话了。他甚至都不敢直视大儿子噙着泪的眼睛，叼着旱烟袋，低着头说："承基啊，像咱这样的家境，你能读个中专就不错了。早点出来，帮着爹挣钱养家好不？"王承基一百个不愿意，学校里那么多比自己成绩差的同学都报了县里的高中，凭啥自己不能上高中、上大学？王承基委屈极了，他看看低着头抽烟的爹，再看看弯着腰做饭的娘，还有满地的弟妹，眼泪止不住地往外流，心像被撕开了一样疼。可是，他知道家里的光景，除了糊口，确实没有余钱让自己再读下去了。他只好咬着牙，闷着头报了一所中专——沈阳交通学校，做好了将来做个高级技工的准备。

一转眼，王承基在沈阳交通学校已经读了近两年。学校简单的课程根本满足不了他的学习欲望，同学们的知识储备有限，也很难与他交流。王承基几乎没有知心朋友，经常一个人苦闷地发呆。就在此时，他收到家书，爹娘大概是为了安慰他，稳住他的心，托人给他张罗了一个外村的本分姑娘做结婚对象。本来就懊丧至极的他愤怒了，因为他深知一旦结婚，小家庭的拖累会让自己再也没有可能奔前程了。于是他连夜写信回家，表示坚决反对，要求退掉这门婚事。晚上，他躺在宿舍的木板床上反反复复地想自己到底该怎么办，越想越委屈，越想越觉得有一股冲天的豪气在身体里涌动。是啊，那么多同学都去读了高中，还有一年就要高考上大学了。大学，是一个多么令人向往的地方！他记得自己小时候在沧州时，听到大人说起过清华大学，那里出过那么多科学和文化大家。他王承基为什么就不能去上清华呢？不，他绝不甘心就这样糊里糊涂地过一辈子，他要上清华。

决心一下，20岁的王承基不愿意再多耽误一分钟。他跟学校老师说家里来信了，母亲有病，父亲不在家，需要他回去照顾母亲和弟妹，要求他退学。就这样，他于1953年11月从中专退学回家。

父母见他回来，知道大儿子这次是下了决心了。不让他读书本就对不起他，因此父亲一句话也没有再多说。王承基白天去开荒种地，一有时间就到处打听哪个高中招插班生。可是两个多月过去了，眼瞅着新学期要开始了，上学的事还没有个头绪。王承基心急如焚，有天劳动回来一头倒在炕上，眼睛发直地盯着房顶，足足躺了17天。

父母知道孩子的心病，生怕把他急出个好歹来，也到处打听消息。说来也巧，家里为补贴家用出租了一间房。房客郭景和在税务局工作，每天晚上坐火车到万家岭，都是王承基给他开大门，他因此知道王承基失学在家的情况。有一天晚上郭景和带回来一个消息，说复县高中在招插班生，报名时间于2月底截止。

王承基一听，高兴得嘴都合不拢了。第二天一大早就带着退学证明赶到复县高中报名。学校召集考生开会，宣布第二天开考，共考六门学科，三文三理，三天考完，文科先考。王承基在会上建议先考理科，他说："对于我们考生来说，文科需要记忆背诵，一天复习的时间都很重要。"学校老师觉得有道理，就同意了他的建议，调整了考试安排。

王承基高兴坏了，满天的铅云都好像突然镶满了金边，太阳马上就要露脸了。他下定决心决不浪费来之不易的机会。他向一直在读高中的老同学汪大新借来课本和习题，晚上看书、抄题，白天还书、做题。三天里，他几乎不眠不休，每天晚上复习两门功课再参加第二天的考试。成绩公布后，他名列第一，稳稳地拿到了仅有的两个插班名额中的一个。

1954年3月，王承基终于挺着胸膛走进了复县高中的大门，离实现他的大学梦更近了一步。他如鱼得水，如饥似渴地学习，第一次考试就考了第一，完全看不出是少上两年学的插班生。班主任非常惊喜，改任他为学习委员，希望用他的学习精神和成绩来带动全班。

王承基其实早有自己的想法，他知道，如果仅仅满足于老师的教学，他很难考上清华，毕竟复县历史上从来没有一个人考上过清华。所以他需要有效的学习方法，好好利用剩下不到两年的时间。他对自己在各科目上的实力进行分析，定出学习计划，按自己的节奏学习更高难度的内容。课堂时间一用来温故知新，二用来查漏补缺。两个月下来，他发现学习效果很好。

就这样日复一日，王承基逐渐把学业水平提高到了复县高中学生前所未有的高度。物理老师出的附加题，他没有一道做不出，有时候还可以指出老师求解过程的缺漏；化学老师刁世平对他印象深刻，跟低几届的学生一直说："1954年我班上转

王承基高中留影

学来了一个学生，圆圆的脸，上课可认真了，做实验时总要问为什么，有的问题我都没有想到过。哎呀，这才叫做学问啊！"

一年多的高中生活转瞬即逝，王承基的毕业成绩出来了：除了体育4分，其他成绩全部5分，再次名列榜首。这一天，班主任老师笑呵呵地找他说："这次学校保送到大连海运学院的名额已经定了，给你！"这是一件多么好的事，可王承基听了，轻轻地回答老师："我不去，我要考清华。"老师完全蒙了，在辽宁的考生能保送进大连海运学院，从来都是兴高采烈的。考清华？听上去多么不现实！复县从来没有一个学生考上过清华啊。班主任呆在那里半晌，看着王承基坚定的眼神，一句话也没有再说，转身走了。

拿着志愿表的王承基信心满满，甚至热血沸腾，他工工整整地在志愿表上从第一志愿到最后一个志愿全填上了清华。交上去后，把老师们惊到了。见过心气高的孩子，可没见过这么高的。从班主任到校长，一个个轮流找他谈话："哪有像你这样报志愿的。没有保底的，考不上可怎么办？"他笑着回答："不会考不上的，万一不行，我个人负责。"最后，在校长的"威逼利诱"下，他才把最后一个志愿改为大连工学院。

志愿报完，学生都离校回家复习迎考。可是王承基家里的环境太差，根本不适合学习。普通东北民房里，中间是灶房，两侧各有两间卧室，卧室与

卧室之间有连通的门，但里外屋说话都能被听见。家里7个弟弟妹妹，吵闹声、水桶声、干活的铁锹镐头声，响个不停，哪有片刻的安静？王承基可不想功败垂成，把最后冲刺的时间浪费掉。没有条件学习，他就自己创造条件。

他在自己睡觉的房间里，用高粱秆子搭了一个简易的"房中房"，外面厚厚地糊上纸，在顶上挖个洞把电灯泡拉进来，自己坐在里面，看不见外面人影晃动，声音也小多了。高考前的半个月里，他困了就用冷水洗把脸，累了就在院子里走动走动。他就像是一个在闹市修行的修道者一样，在一片尘嚣中苦寻着自己的理想。

7月，伏天，知了在树上叫个不停，宣告着"高考来了"。考完后，王承基不是很满意，原来想拿满分的数学有一道小题错了一个根。他有点遗憾，也难免有些焦虑。为了排遣，也为了分担父母的辛苦，他抓紧帮家里干活、种菜、翻地瓜秧子，还别出心裁地给家里的地瓜搭了架子。因为他觉得翻秧子不过是为了解决通风和营养流失的问题，搭架子不仅可以解决这一问题，还可以减少许多劳动量。父亲看到了，说他瞎弄，没见过有人这么种地瓜的。他笑着跟父亲打赌，说秋天你看看收成再说我也不迟。后来他在大学里收到父亲来信，提到他栽的地瓜是父亲这辈子看到过的最大的地瓜。

8月里的一天，他正在园子里干活，邮递员上门了。不识字的母亲把录取通知书捏在手里，催问他考上哪里去了。他看到信封，心里就有数了，憨笑着告诉母亲："关内，清华大学。"全家都高兴极了。母亲赶紧上街去，花了全家两个礼拜的菜钱买了酒肉回来，邀请亲朋好友前来庆贺。这可是老王家几代以来的头一个大学生，还是清华大学的。承基承基，终于能承荫建基、光宗耀祖啦！

第二天，王承基到中学报告录取情况。校长、教导主任、班主任都乐得合不拢嘴，一个一个像抱自家孩子一样拥抱他。老师们都啧啧赞叹："今年清华在辽宁只招两名新生，我们学校就有一个。咱们学校，不，咱们复县，这是大姑娘上轿——头一回啊。你这小子，不出头，不露脸，高考各科分数平均90多分，真给学校争光了。"

高兴归高兴，家里为他准备盘缠和行装时可真是有点犯难。从不开口求人的父母这下也顾不上了，向亲戚家借钱给王承基准备生活必需品。母亲到供销社花两元钱买了个处理的洗脸盆，用她的嫁妆旗袍改做了一条褥子面，把王锡三当年穿过的铁路工服改成了一件上衣，又把家里旧被拆洗干净。就这样，王承基扛着寒酸的行李，千里迢迢地坐火车硬座到清华报到。一夜枯坐后，他终于看见了梦里见过无数遍的北京城门和红墙大院，如此气派，如此雄伟！学校接新生的汽车虽然颠簸拥挤，夹杂着汽油味和汗味，但他贪婪地吸吮着。这是北京城的空气呀！他知道，在这里，自己的人生就要改天换地了。他庆幸自己当时看似执拗地坚持，近乎冲动地退学。他做对了！还有什么能比这种执着坚持换来的成功更让人感到幸福呢？王承基听着车里学长们的京片子，咧开嘴笑了。

清华6年，脱胎换骨

1955年9月，王承基进入清华大学机械系。在清华读书的6年里，因成绩优异和家境贫困，学校给了他头等助学金，吃、穿、书费、学费全包了。进校第一个冬天，学校给他发了一套全新的棉衣、棉裤、棉鞋。这套衣服他在后来工作的头两年里还穿着，直到裤脚补丁摞补丁才换了新的。

物质方面的后顾之忧解决了，王承基就排除一切杂念，一心一意把书读好。他太清楚自己上清华有多不容易，没有助学金，自己根本不可能完成学业。所以他倍加珍惜，抓紧一切时间学习。

初到北京的王承基在天安门前留影

清华精英荟萃，在这里要想出类拔萃，天赋和努力缺一不可。王承基因为时局和家庭条件的耽误，年龄比大多数同班同学都大。第一次交作业时，一位比他小两三岁的同学在他前面交，老师夸赞那位同学作业写得漂亮，而看了王承基的作业，老师很不满意，叫他重做。王承基上学以来，还是第一次碰到这样不被老师认可的情况。他心里有些难过，但也明白，在清华过招的都是高手，要想胜出，只能迎难而上。他暗下决心，决不能落在后面。

他再次给自己定下了严格的学习计划，既有学习时间的安排，也包括学习目标和实现方式的设定。清华校园很大，上午理论课，下午实验课或自习课，经常一个学科在这栋楼上课，另一个学科在另一栋楼上课，课间几分钟步行赶去上课很紧张。有钱人家的孩子都骑着自行车，而王承基只能用双脚跑来跑去，结果反而把身体练得很好，还省了不少锻炼的时间用来学习。比如，骑自行车的同学晚饭前通常用来锻炼的时间就是王承基雷打不动的总结全天学习的时间。

就连休息的时间，王承基也规划好。小的间隔里，他会坐在树荫下、窗台边读上一会儿书。大的午休时间，他通常会安排每周一次去音乐室自学乐器，或者去操场打球，或者去游泳。6年的大学生活里，他一次午觉也没睡过，所有的午休都用于这种一举两得的"换脑子""学本事"。他在清华期间，学会了弹钢琴、拉二胡、吹笛子，打得一手好乒乓球，游泳水平也相当不错。高效科学地利用时间，使他进行了较好的全脑开发利用，提升了身体运动机能，这不仅让他的成绩很快就跻身前列，强健了体魄，陶冶了性情，也增进了他对所学知识体系的理解力和想象力，使他全面发展而受益终生。

1956年，为了培养原子能科学专业人才，国家决定从机械系等几个系别抽调成绩优秀、家庭出身好的学生学习工程物理。王承基有幸成为其中的一员。这是一种荣耀，更加增添了他的学习动力。

6年的大学生涯，他只在1958年暑期和毕业分配工作前夕回了两次家，其余的所有假期都在图书馆里度过。据说有教育学家的研究成果表明，善用假期的学生往往学业成就更好，王承基就是这样一个例证。6年里的十余个假期，他每天早上按时起床锻炼、背单词，然后就钻进图书馆，不到吃饭时间不出来。古今中外的文学书籍、科技书刊，他都如饥似渴地读、孜孜不倦地学。时间见证了他在清华书山里攀登的脚印。这些脚印踩实了他攻克科学堡垒的道路，使他从一个穷苦农民的孩子成长为新中国自己培养出来的新一代原子能科学专业的大学生。

1959年，苏联帮助中国建立核反应堆，给了两炉元件，其中一炉用于清华游泳池核反应堆。物9班和王承基所在班级的同学一起参加实验，学制延长1年（原学制为5年）。王承基数学比较好，所以负责项目中的物理理论计算部分。期间，学生轮流在反应堆值班，每班两个小时。一次，反应堆基地发生了一定程度的核辐射超标，此时正好轮到王承基值班。学校送他去北京协和医院检查，结果显示剂量超标，白细胞指数降低，肝功能不正常。他面色苍白，浑身没劲，学校让他回家休息一段时间。家人见到他都吓了一跳，说这孩子学的啥啊，把身体弄成这样。他在家里也不想闲着，一开始还想同弟弟一起到田里拔玉米根当柴烧，结果身体虚弱得根本拔不动，只好干些力所能及的事情。

一个月以后，他觉得身体基本恢复了，就迫不及待地重返学校继续实验研究。有付出就有收获，王承基的实验工作获得了老师的好评。在填报毕业分配志愿时，他写道："无条件服从分配，愿意到最艰苦的地方去。"

当时的大学生确实以一颗纯净的赤子之心仰望着祖国母亲，热切地希望以自己的力量为祖国建设添砖加瓦。

王承基（后排右一）与清华同学

影入平羌

王承基的特色毕业照

初入职场，顶住压力建首功

1961年9月5日，王承基到二机部十局报到，10月转入原子能研究所（47-1室）物理组从事堆物理研究。此时的王承基已经28岁了。他迫不及待地要把自己的所学奉献给祖国的核事业。他严格要求自己，每天5:30就起床自学英语（大学学的是俄语），上班时认真向业务骨干和前辈学习业务，希望能够尽早独当一面。这样的表现对于一个新人来说，本来是一件好事，应得到领导的支持和表扬。可在那个年代，单位里竟然有极"左"的人向领导打小报告，说他净跟那些非党的骨干人士接近，"走白专道路"，思想上不要求进步，不靠近组织。

刚踏上工作岗位就遭此莫须有的罪名，王承基感到苦闷无助。他思前想后也弄不明白，从小到大所读过的书里、先贤们所讲过的话里，从来没有说过爱学习、肯钻研还有错的呀！同时，当时全国都在学习的《为人民服务》等老三篇也深深地影响了王承基的思想。他坚信，只要自己钻研业务是为了事业、为了国家、为了人民，就是完全正确的，就是应该坚持的。想到这里，他坚定了信心，继续义无反顾地钻研业务，努力提高外语水平。

王承基本来就严重营养不良，加上努力工作学习，1961年，他的小腿和脸上都出现浮肿，肝功能也不正常。但他仍然每天都在钻研业务，着了迷一般。到了礼拜天，其他年轻同事都乘坐单位班车到40多公里以外的北京城区放松一下，他也很少去。

功夫不负有心人。参加工作短短三个月后，王承基就独自负责调研了热中子有效截面 α 因子的超热通量与热群通量之比，并阐明了其物理意义。这一成果得到了前辈的肯定，专业组长韩铎同志的评语是"解决了物理组长时间未解决的问题"。一个参加工作三个月的年轻人解决了物理组长时间未能解决的问题，这固然有幸运的因素，但他的专注度也确实是很重要的原因。

为了热爱的事业，这点苦算什么

工作 8 年后，王承基所在单位搬迁至四川的三线基地。此时的他已经成长为物理组的业务骨干。他也成了父亲——我们有了一儿一女。我是独女，王承基为了支持我赡养父母，跟我一起好说歹说劝服了我的父母，把两位年迈多病的老人从东北老家接到四川一起生活。一家六口，老的老，小的小，我们夫妇俩的生活担子重量一下子成倍增加。白天紧张工作，回到家要忙着做饭、洗衣，折腾到晚上 10 点左右，老人孩子都睡了，王承基赶紧坐下，抓紧看书或听英语 900 句。我们俩加起来每个月一共只有 116 元的工资，但至孝的王承基首先要保证寄 15 元给东北的父母，剩下的 101 元再怎么精打细算也没法让一家六口丰衣足食。有限的物质供给下，我们只能选择优先保证老的和小的，剩下来的往往无法满足我们的基本营养。

日常生活虽然困苦，但还可以承受。可是老的和小的经常会生病，那时候就只能靠我们夫妇俩硬挺着。有一次，一家六口有三个住院。他白天上班，晚上陪病人。病人住在不同楼层，他楼上楼下跑，连着好几天没睡过一个囫囵觉。极度困乏的他去给我母亲打饭，头一晕，竟然端着饭碗摔倒在医院大厅里。可即使这样，第二天他还是撑着虚弱的身体去上班，一点都不愿意耽误工作。

出于国家战略需要，毛主席曾指示"核潜艇，一万年也要搞出来"，所以国家核潜艇项目的研究设计工作基本正常运行。在这期间，王承基虽然生活负担重，但还是完成了"长征一号"核潜艇反应堆的多项研究设计，发表了多篇科研报告。其中最重要的一项成果是，1964 年"长征一号"核潜艇基本

1963 年的王承基

方案已经确定后,他通过一维燃耗计算,提出了堆芯物理相关设计的优化方案,为国家节约了大量资金,避免了一次重大的返工浪费。

正是秉持着这种纯粹的学术钻研精神,在为核潜艇事业工作的20多年中,王承基在每个阶段都取得了较出色的成绩:自1961年参加工作至首艇下水,王承基和物理组的同事们经过艰苦卓绝的工作,成功完成了"长征一号"核潜艇首艇堆芯物理设计工作。他们的工作包括初步设计、工程设计、定型设计、计算、总结等步骤。"长征一号"核潜艇堆芯物理设计被成功地应用于"长征一号"核潜艇模式堆、"长征一号"核潜艇首艇乃至后继艇。在参与"长征一号"核潜艇模式堆研究设计阶段,作为核心设计人员之一,他参加的"长征一号"核潜艇模式堆研究设计项目获1978年度全国科学大会一等奖,他参加的"长征一号"核潜艇模式堆的研究设计运行和实验获得1979年度国防科工委重大科技成果一等奖。他在哈林原理应用于堆物理设计方面有较为突出的研究成果。1978年,在国外假定反应堆线性减少,按点模型得到其燃耗深度的情况下,他在方法上实现了重大改进,进一步发展为固定功率分布按哈林原理迭代,这一改进使实际运行更接近实现哈林原理。

王承基与孙吉荣在地球仪上寻找四川九〇九基地的地理位置

"他们在浪费生命,而我在自我充实"

1965年至1969年,为防止反应堆控制力不够,保证卡棒准则和停堆深度,王承基坚持计算、研制和应用可燃毒物管。可燃毒物管的研究结果最终于1969年被采用,使"长征一号"核潜艇模式堆克服了控制力不够的危险。1970年1月至9月,他参加核潜艇后续方案会战,负责物理设计。他计算了一体化水堆、核过热水堆、纳冷快堆等,探讨了多种堆芯设计方案。正当全院为满功率运行的成功欢呼雀跃,他为自己在重要数据和方案上的贡献自豪并打算再立新功时,他的科研工作被戛然中断——

1970年10月4日,国庆节放假后第一天上班,在没有任何人通知本人和家属的情况下,王承基因为莫须有的罪名被强行带走并强制关押。

熬人的岁月持续了一年多。外部政治环境悄然发生着变化,王承基借机把不少外文专业书籍带到学习班。他经常在桌面上摆着学习和交代材料,在材料下面或抽屉里则放着专业书籍和外文资料,有人的时候就写交代材料,没人的时候就抓紧学习国外文献。就是在这段时间里,他翻译了《核反应堆理论》第二章,自学了日语、德语、法语,完成了通量综合方法调研,并写出《通量综合的变分原理》报告。

1971年,王承基敏锐地察觉到局势发生了巨大变化,无比兴奋地对我说:"问题很快就要真相大白了,我又可以做科研了。"果然,1972年初,他获得了半自由。他带着自己的工作成果,无缝衔接地投入自己钟爱的事业中。我看着痴心不改的王承基又和以前一样,在别人家都吃完了晚饭时才骑着那辆他关押时被占用、已残破不堪的凤凰牌自行车下班回家,在别人都上床睡觉时他又挑灯夜战,便揶揄他说:"你经过这么一场大难,怎么还乐此不疲啊?"王承基憨憨地笑着说:"你看,打坏的手表单位给补了一张手表票,自行车也还回来了。其他的损失都不大,算了吧。最重要的是,那些人忙着抢权整人,好像很风光。但你不觉得吗?他们在浪费生命,而我在自我充实。"

是啊！人生都不过短短几十年，有人用来踩着别人追名逐利，有人用来耍尽手段钩心斗角。也有人单纯地只是用来真正地为弱者、为别人、为国家、为民族，甚至为全人类做点有价值的事。这样的人虽然于功业有别，但却可以收获问心无愧、换来人生无悔！究其所以，不过是因为他们牢记为人的根本，活得简单、干净而透彻罢了。

"人的一生能有多少建功立业的机会！"

重回工作岗位后，王承基立刻全心投入，并持续开花结果。

1974年，他提出三维综合燃耗程序，1974年赴辽宁旅顺亲自登上"长征一号"，参加相关试航工作。1975年，他分析"长征一号"核潜艇的设计和运行，调研栅元能谱随燃耗的变化，并写出计算方法和哈林原理及其应用的报告。1976年，他对"长征一号"核潜艇堆芯重同位素及裂变产物同位素进行计算分析，按哈林原理做二维燃耗计算程序的修改，写出计算程序标准和三维燃耗计算的程序。1977年，他进一步计算了"长征一号"核潜艇活性区的最佳功率分布毒物需求，提出了"长征一号"核潜艇挖潜方案。该方案使"长征一号"核潜艇反应堆功率大幅度提高。试通哈林原理程序并验证无误后，他写出《哈林原理在反应堆物理设计应用上的初步探讨》，提出"长征一号"核潜艇模式堆控制棒分区改进意见。年底，他在安徽芜湖参加二机部堆物理讨论会，做了关于哈林原理在反应堆物理设计上应用的报告。1978年，他又发展了哈林原理的应用方法，写出论文《哈林原理及其堆物理设计上的应用》，使设计方案获得新发展。同年，他写出《水隙通量与元件通量转换程序》，解决了多年来未能解决的"长征一号"核潜艇组件水隙通量和元件通量在测量结果、计算结果和分析方法上的转换问题，提高了"长征一号"核潜艇零功率堆通量测量数据的使用价值。

在"长征一号"核潜艇"大干快上"的时候，设计人员需要频繁地亲临现场检验设计结果。在当时的历史条件下，除了实验前线的工作人员有一定的防辐射保护用品，王承基这种研究设计人员基本没有什么保护措施。他也丝毫没有考虑过自己身体的安危，多次亲临反应堆现场，验证设计方案在运行中的准确性。日积月累，他的白细胞指标值长时间内都仅为正常值区间下限的一半。但他根本不放在心上，也无暇顾及，日复一日地沉浸在工作中。

王承基在九〇九基地回家后继续工作

1983年，项目正在关键阶段，他突然收到东北老家的电报——父亲王锡三查出胃癌晚期。王承基五内俱焚，可是项目也绝不能受到影响。他一声不吭，根本没向组织提出任何要求，自己不眠不休地在机房工作了一周，提前完成了自己的任务。此时他才跟领导请假，饭也没吃、脸也没洗、衣服也没换就登上了火车。从四川到东北的火车要坐三天三夜，已经疲惫到极点的王承基在火车上就病倒了，靠着好心人给的一颗退烧药撑到了老家。

父亲此时已经病入膏肓。王承基顾不得自己的疲病，又在父亲炕前服侍了一个礼拜，端屎端尿，喂饭喂水，给父亲送了终。办完父亲的后事，安顿好寡母的生活，王承基马不停蹄地赶回四川投入紧张工作。不过两个星期的工夫，隔壁邻居再看见王承基，都吓了一跳，说："怎么才两个礼拜，老王你的头发就白了，人也一下子衰老了？"

自古忠孝难两全，像王承基这样兼顾的，势必要付出额外的心血。他就像一根蜡烛，默默地燃烧着自己，拼了命去照亮自己能照亮的一切。

核潜艇大会战最终取得了极大的胜利。"长征一号"核潜艇堆芯物理设计使王承基等同志集体获得了1983年度国防科工委重大科技成果二等奖。第一研究设计院成果鉴定委员会的技术鉴定结果是："'长征一号'核潜艇堆物理设计是在缺乏资料、经验不足的情况下开始的。该设计工作工作量大、技术难度高，在物理设计中编制了几十个计算程序，有的计算程序至今仍发挥作用。物理设计所给出的一些重要参数都准确无误，为核潜艇工程的设计成功奠定了基础。在确定元件直径、包壳材料、控制棒组合传动和可燃毒物等方面，物理设计也起了关键作用。运行结果表明，物理设计给出的参数是正确的，为核潜艇设计一次成功做出了重大贡献。目前整套计算方法已被移植到上海核工程研究设计院的核电站设计，该工作为国内首创。先进的设计方法，为今后我国发展核动力堆芯设计奠定了基础。"

1982年，他因"中子G-G近似和球谐近似下弹性散射慢化的计算"（同汪心宣合作）获得国防科工委重大科技成果四等奖。1983年，他与李大图合作的"反应堆二维（γ-ζ）四群P1燃耗计算程序"获得国防科工委重大科技成果三等奖。1986年，他因"反应性系数计算程序包PCP"（同邱希春、章宗耀合作）获部级重大科技成果四等奖。王承基在从事核反应堆物理设计工作的20多年里发表科研成果报告数十篇，并有若干译著。

这些成果无一不是在工作和生活的双重压力下取得的。我们夫妻靠着每个月微薄的工资，一起赡养我的父母，把三个孩子抚养长大，个中艰辛非经历过那个年代的人可能都无法想象。但有时候人就是如此坚强，只要你心中有坚定的信念，再苦再累都可以克服，甚至取得丰硕的成果。而一旦没有那股"咬劲"，再好的环境也可能一事无成。取得这些成绩，王承基非常自豪，曾经在一次家庭会议上跟三个孩子说："人的一生能有多少建功立业的机会？我们这批人，能在年富力强的时候参加这样有历史意义的国家级项目，为国家核潜艇事业贡献自己的力量，何其有幸！孩子们，你们将来也会有自己的事业，能不能创造出一些属于自己的价值，就看你们是不是能不负老天赐予的天赋和责任，努力、努力、再努力了！"

影入平羌

1981年春节，王承基、孙吉荣及三个子女在九〇九基地

1970年，王承基（前排右二）参加苏州专业学术研讨会

1987年，王承基（前排右四）参加核工业部第二届核电程序交流大会

倒在成为中国计算机文字之父的梦想前

1993年，王承基光荣退休了。可是，忙惯了的他根本闲不下来。他对当时刚刚开始普及的微机产生了浓厚的兴趣。因为从事核工业时，他一直用大型计算机进行程序运算，所以对微机这一交互界面如此友好的新型计算机非常感兴趣。他在接触的过程中，敏锐地感觉到汉字输入的不便利。于是，他购买了很多关于汉字及输入法的书籍，想自己设计一套汉字输入法。他还跟我笑言："给我三年时间，我说不定能当上计算机文字之父呢！"

他又一次着了迷，经常深夜两三点还在思考琢磨。但是，这一次，他没来得及又一次享受成功的喜悦。1995年上半年，他时不时感觉到胸骨区疼痛。情况有点不妙，我好说歹说，他才答应等到他回乡给母亲过完八十大寿再去看病。

他登上了去大连的海船。再一次，他在回归故里的旅途中病倒了，呕吐、眩晕，身体虚弱无力。好不容易撑到老家，给母亲做了大寿，又在兄弟姐妹的担心中，硬撑回了上海。6月6日到家的当天，他就被送进上海金山医院，当晚就被医生下了"病危通知书"。好不容易熬过了那惊心动魄的一晚，他从鬼门关走了回来。两天后，刚刚被压下去的指标严重反弹。显然，病情并非表面上的尿毒症。由于病情危重而少见，他被转入上海中山医院，在这里他被确诊患了不治之症——多发性骨髓瘤。主治医生皱着眉头问我："这病很少见的。他以前是干什么工作的？"当得知他是首艘核潜艇反应堆芯的主要设计人员时，医生说："唉，他身体里早已潜伏了危险。环境改变时，随时会发作。"

王承基对待病情的态度是坦然的。他知道自己病得很重，但仍积极配合治疗，咬着牙忍受化疗、血透带来的痛苦，甚至还乐观地安慰我说："别担心。等我好了，我还要继续研究汉字输入法呢。就算治不好，人生自古谁无死呢？我这辈子无愧无憾。"这一次没有转危为安。短短两个月后，1995年8月15日，王承基就怀着设计出一套汉字输入法的梦想，匆匆离开了这个他深爱的家，离开了这个他留下了不灭痕迹的祖国和世界。

他的离去如此急促，以至于亲属和生前好友都无法接受。他们在他的追悼会上，流着眼泪回忆和他在一起的点点滴滴。孩子们哭着回忆爸爸在夏夜乘凉时搂着他们给他们指点浩瀚星空；妹妹说起了哥哥上大学那年冬天全家在火炉上烤熟了那个史无前例的大地瓜；技术搭档邱希春用颤抖的声音追忆二人在科研项目上并肩奋斗的朝朝暮暮，也追忆着绰号"西多"的王承基在乒乓球桌上取得过的辉煌战绩……

2018年4月中旬，承蒙青岛海军核潜艇基地焦增庚将军等老领导、老同事的组织策划，我受邀前往青岛参观已经退役的"长征一号"核潜艇。当我在长相酷似王承基的外孙的搀扶下，一步一步走进核潜艇舱内时，我内心的激动和感慨几乎溢出了胸膛，外孙充满稚气的脸上也充满了敬慕。

王承基，我们触摸了根据物理组计算结果制造的圆形零部件，我们就站在核潜艇反应堆的下面，我们几乎看见了近40年前你在舱内的身影。你的一生，在此刻，在此地，达到了圆满与永恒！

漫漫人生路 悠悠科学情

文 | 李兴汉

李兴汉

| 科学家简介 |

　　李兴汉（1936—2022），四川合江人。1956年毕业于泸州四中并考取北京俄语学院留苏预备生。1957年至1963年就读于清华大学工程物理系。1963年至1968年就职于核工业北京化工冶金研究院。1968年起就职于核工业中国核动力研究设计院。历任中国核动力研究设计院科技处技术科副科长、科长，科技处副处长，研究员级高级工程师。

　　李兴汉曾获国家科学技术进步奖特等奖，其《科技成果的分析研究》《潜艇核动力装置安全标准体系表》均获部级科学技术进步奖三等奖。1989年被评为"中国核工业总公司标准化工作先进个人"，1994年被国防科工委评为"国防科技成果推广工作先进个人"。因长期从事核工业建设并做出贡献获得核工业部颁发的荣誉证书。

故乡先市

　　四川合江先市镇,坐落在从贵州高原的山石中咆哮而下的赤水河岸。对岸有巍峨的丁山,上有法王寺,背有敦实的鼓楼山,下有灵巧的鸽儿山、豪猪山。周围是起伏的山丘,佛拢溪、大桥溪环抱着古镇。

　　先市是向贵州运盐、出货的口岸。赤水河弯弯绕绕,围着丁山、笔架山转,宛如"之"字,这一河段又名之溪河,像玉女的飘带,恬静、悠然流淌,蜿蜒而过。

　　唐朝定郡合江。第一位县令是进士、诗人先汪。先汪描绘之溪,诗曰:"之江如练舞长空,一色水天相映红。安得仙人施妙法,世间无水不朝东。"清代诗人罗文思赞美丁山:"奇峰突兀插天明,含翠凝烟百态生。谁与画眉施黛绿,独教珮玉映葱珩。"

　　先汪县令,为官清廉,爱民如子。九十高龄时,酷爱赤水河,择仙境丁山脚下一块宝地,居家养身。众人仰慕先汪,为沾其灵气,修房为邻,渐成集市,先市由此得名,有马鞍山下黄桷树旁的先汪墓志碑为证。

　　生活在先市,犹如神仙入俗。遥望丁山,一峰独耸,披翠迎阳,蔚为壮观。儿时登山春游,绿满长冈,沿着山顶信步走一圈,看澄碧如练的赤水河。坐船游江观景,丁山似伫立在身旁的神灵,几过险滩,泛起朵朵亮白的波浪,有如盛开的百合。

　　一年到头,除去夏日山洪暴发时泥河浑浊,冲下山石、竹木,偶尔还有亭舍、牲畜顺流过往,其他时候赤水河多是清澈见底,鱼儿游弋,对岸的苍柏翠竹倒映河中,微风吹动,河水也泛起涟漪,好一幅山连水、水连天的山水画!

　　站在河边,晨起远望东方日出火红,傍晚近看河中渔船收网起鱼。山岭上的天边晚霞红艳艳,令人情不自禁地摇头晃脑吟诵王勃《滕王阁序》的"落

四川合江先市镇

霞与孤鹜齐飞,秋水共长天一色"。

先市是仙人宝地,一片沃土。一方水土养一方人,手捧洁净的河水,欢快畅饮,沁润心田!

童年

小儿三四岁就有记忆。祖父过世,吹吹打打,满屋子披麻戴孝、长声吆喝哭丧的人,我又叫又啼。

皓月当空,母亲就指着月亮上的山峰、低谷,说那是神仙铁拐李、这是吕洞宾,八仙过海各显神通。若是繁星满天,母亲就指点北斗星、牛郎星、织女星;看见扫把星,说是有天灾降临;看见流星闪亮划过长空,说是福星高照,有好运!真让我想入非非,想象那无边无际的长空,憧憬在蓝天上飞翔。

稍大,读到郭沫若的《天上的街市》,星光移动,说是有人提着灯笼在走;读到冰心的《繁星》,星光闪烁,说是小朋友在说悄悄话。还真以为天上和大地一样,有人、有街、有市!

幼儿有着一颗稚嫩童心，白天有所说，晚上有所梦。我常常做梦，双手划空，两脚蹬踩云朵，飞云腾空，飞呀，飞呀，越飞越高，追逐神灵。有些飘飘然，也害怕不着地，于是突然惊醒。原来是梦！双手划动，两脚蹬踩，或许是发育生长，伸展筋骨呢！

母亲是我的第一位启蒙老师。我的母亲善良、勤劳、智慧，虽没念过书，但懂很多道理。她育有我们兄弟姐妹八人。她常念叨："儿呀，你们不要都在我身边，要读书，要奔出去！"意念深处是做母亲的希望儿子有出息，她才光彩。她让我们看，同住一条街上的穆家，出了个教授穆济波，在重庆北碚的大学讲课，一肚子学问；对门家户张三表，从小就在门口条凳上读书，独闯上海，读了医学，当上了部队军医。开启思维，树立榜样，这是很好的家教。做一个好母亲，这就够了！

我家在先市的场尾，街名拖长坝，全镇街道多是长条石，横竖铺得整整齐齐，到我家门口开始就是碎石板杂乱而就。左右邻居多是以苦力为生。何大婆摆摊卖水果，王大婆帮人洗衣服，两个陈幺爷，一个挑水卖，一个赶溜溜场，穿梭往返，赚点辛苦钱，赵幺爷是抬滑竿的轿夫。袁四爷是一墙竹篱之隔的邻居，也是赶溜溜场的，好多人都买他从山区贩来的土鸡土蛋。他整日爱吵吵，人称"袁四吵吵"。母亲说我就是他老伴袁四孃接生的，她用剪刀在菜油灯上晃几下，给我剪了脐带，想来我算是命大没感染。王大爷是往贵州挑盐和布匹的挑夫，个把月回来一次，许是太辛苦，把脾气发在老婆身上，常打得她满地打滚。最可怜的是匡爷爷"匡打更"，住在火神庙戏台底下的一条窄缝里，臭熏熏的。夜里从子时开始沿街敲锣打更，一炷香走一遍，是更夫，也是治安巡逻，大家都喜欢他。

这些赤贫户大都勤劳、老实、善良、厚道，深深地影响了我。

中街最繁华，商贾云集，旅馆茶社林立，住的多是殷实的工商人家。上街清闲，不少是有地有钱的富人家。元宵节耍龙灯，走到我家门口就掉头走了，原因是没烟火、花筒、鞭炮在持举龙灯的头上鸣放。十字口那一带有钱人多，放炮、放烟花的一个接一个。也难怪，耍龙灯的人头戴一顶竹帽，只穿一条短裤，全身几乎裸着，光秃秃，有火、有花、有炮，烫得安逸也暖和。

有个冬天腊月，赶场很快收尾了。天下着雨，寒风刺骨，我看到一个只穿着单衣的老农，冻得发抖，提着一块刀头（一小块肉）往回走，许是除夕回家祭祖宗。他看上去，和我以后看到的《白毛女》中的杨白劳一样，可能还更惨！

这种贫富不均、强弱有别，深深刻在我心头。

先市中心小学是方圆几十里的文化中心，汇集了不少优秀老师。我6岁入校启蒙，当时读的是要要书，有两件事至今历历在目，也是我追问一生想弄个明白的。

一是父亲李有权的好朋友万三爷的大儿子万国祖老师，在课堂上发问："一年有几季？一季有几个月？一个月有多少天？一天有几个时辰？"我瞪大眼睛盯着他，懵懂不知，想叫他说个明白。日、月、地球是如此协调、精确运转，让我们的生活周而复始，有滋有味。它们是如何运动的？这是一个科学之谜。

二是我10岁上高小时，自然课的一句话记了一辈子——阳光、空气、水，人生三件宝，天天要接触，一日不可少。这是大自然对人类的恩赐，其奥妙何在？

这两个问题魂牵梦绕，成为我想要讨个明白、终身追寻的目标！这是"热爱科学"的种子，撒播在少儿的心间，深深地扎根在心里，成为研究自然科学的原动力！

我从小就不是一个聪慧的人。1942年上初小时，正值抗日战争，从下江逃难来的王老师成天秋风黑脸，让学生在黑板上做题，她拿着打手心的木板站在背后，训斥声不断。害怕都来不及，哪能听得进去？

四川是大后方，粮食、人力要支援前方。国民政府照样办学，能支撑不关门就不错了。简陋的教室，老师讲课，能讲多少就算多少；学生学习，能学多少就算多少。父亲常失业在家，有上顿无下顿，一锅南瓜汤也算一顿。下江人从江南一带逃难来的，有细软，租房子住，喜欢吃赤水河的鲤鱼，又香又鲜。从河北、河南逃难来的灾民，一群又一群，或许是一个村的，挑着一对箩筐，一头是破棉絮，一头是娃儿。他们住火神庙的屋角，要饭吃，是真正的难民，最让人可怜！

社会凋敝，人心惶惶，民不聊生，不得安宁。重庆、合江被日本飞机轰炸，也要逃警报。一次，父亲带着全家躲进小山洞前，我们仰头从树叶缝隙间看到天空有一队日本飞机，先是人字形，骤然间变成一条长线，鱼贯向下俯冲。父亲说，下冲要丢炸弹了。果然，合江县城挨炸了，毁了不少房屋，死了不少人！

赶场天，可以看到筒筒戏（即幻灯片）。筒筒开玻璃小孔，看到的多是日本人屠杀中国人的图片。人小不懂大事，只是心中有点怒气，你日本人怎么跑这么远来欺负中国人！

这种环境，学校里老师怎能安心教书，小孩怎么安心读书呢？

1946年上高小，刚从师范学校毕业的冯老师笑眯眯的，低声细语，和蔼可亲。我们喜欢她，她也喜欢我们。几堂语文课下来，我变了个人似的，脑子开窍了，听得进她讲课，知识源源不断地注入脑海里。我从此爱读书，慢慢地也会读书了。

讲算术课的邬德谆老师也是这样。加减乘除的四则运算、鸡兔同笼的应用题，讲得层次分明，头头是道。我是一听就懂，一懂就会。数学比赛，我拿第一。一次，他托美术老师画了一幅赤水河边的竹林随风摇摆的水墨画奖励我。我卷成一筒，手握着，一蹦一跳跑回家，把奖状贴在竹篱笆和着泥砌成的墙上，美滋滋地欣赏。母亲进屋看到，只是笑了一笑。

正值此时，先市十字口大豆发酵味精酱油的创始人之一孙炳斋的二儿子孙辅政，学成归来任学校校长，给学校带来一股新风、一种新文化。他安排音乐教师教女生跳唐代的长袖舞，组织年轻老师演吴祖光的文明戏《风雪夜归人》。校门口扎牌坊，贴着布告，全镇热闹了好几天。一次作文比赛，以"人"命题，任由学生泼墨发挥。记得我作文的第一句是"人是万物之灵"，接着写周末面对孙中山肖像背诵"总理遗嘱"誓言，就如何读书、如何做一个好公民写了一通。但不知"人是万物之灵"是从哪里学来的，一下就写出来了。

我有两次难忘的挨打经历。

一次是被董姓保长儿子追打。那年月的娃儿自制玩具，最简单的是用纸折成燕式飞机，站在石梯高坎上放飞，看谁的飞得平稳又远。一个小伙伴送我一本他家的账簿，这个董小仔要抢夺，我不干，他就追打我。堂姐李兴玉奋勇阻挡，高喊："五弟，快跑回家！"我得以逃脱。

一次是被长田坎贾锡九的少爷贾体仁和佛拢溪上的张家小少爷张幼迟两人围殴。学校童子军办的消费合作社（卖些芝麻杆之类的小食品）正值我当班，他俩要赊拿白吃，我不给，他俩举手就打，打得我团团转，躲在课桌下面。

有个信念指引着我：要刻苦读书，成绩好，有本事，"学好数理化，走遍天下都不怕"，不会被欺辱！不过两年，合江中学招考发榜，我位居榜首，县城的青年肖志、李献昌等围着我说："你以后要多帮助我们哟！"

动荡的中学时代

1945年8月15日，随着国际反法西斯同盟阵线的胜利，日本宣布无条件投降，日本军队就地放下武器，历时14年之久的抗日战争结束了，万众欢腾！先市满镇张灯结彩，我随着大人们欢欢喜喜庆祝了七天七夜。

人们安生了，做生意的做生意，种庄稼的种庄稼，重庆战后大恢复，贵州高原的树木砍成圆木，结扎成排，随赤水河的水奔腾而下。父亲打工能挣钱了，家庭生活好了。小学校也有了朝气，补充了年轻新老师，学生活蹦乱跳地上学。早自习、晚自习秩序井然。正值我上高小，我最爱数学、自然两门学科，1946年至1948年读了两年好书，学得了一些现代化的知识。

家里人口多，无力支撑我继续读书。我眼睁睁地看着有钱的小伙伴去县城中学读书，伤心地哭过好几次。去县城路过合江中学，眼巴巴地望着校门，想看校内有何究竟，那种"我要读书"的强烈愿望令我难以平静。1948

年至1950年休学两年，除种菜、打柴外，我还是没有放弃自学。

堂兄李兴民从县城带回了上海出版的《小说月报》等期刊、新文学小册子。鲁迅、郭沫若、冰心、艾青、郁达夫的著作，给我打开了一扇窗户，让我看到了外面精彩的世界和文学天地。我最喜欢鲁迅充满骨气、鞭笞民族劣根性的文章，郭沫若的《女神》，艾青的《大堰河——我的保姆》，郁达夫的南洋游记。深刻的思想、流畅的文笔、娓娓道来的故事，沁润心田，让新文化扎根于心，填充了无学可上的空白。

中国人民解放军摧枯拉朽般打败了号称800万人的国民党军队，中国人民迎来了新时代。我当时13岁，也迎来了学习文化、科学的春天。

合江中学是长江上游的川南名校，在县城的终南山上，面对浩荡的滚滚长江，背靠巍峨的笔架山。学校由几座大庙相连而成，雕栏画栋的大殿，校门天井左右两旁的两棵常青的罗汉松见证了沧桑悠久的历史。川粮、川酒等特产，源源不断地流向大江下游，江南的现代科学文化又逆流而上来到川南大地。

解放军进城，除征粮、剿匪、减租、减息、土改、建立并巩固政权外，还立即恢复办学，录用教职员工，招生开学。

我成了梦寐以求的一名中学生，兴高采烈地跨进合江中学校门。父亲甚为李家出了一名中学生而骄傲！他去重庆的头一天，特意到学校看我。门卫傅银安把我领到校门口，恰遇随刘邓大军南下的禹汝栋校长，指着我对父亲说："这是你的娃儿吗？学习很好，不错不错！"父亲笑眯眯地点点头。第二天一大早父亲就乘木筏去了重庆，哪知，这一见竟成永别！

我的第一篇作文《我崇敬的鲁迅先生》洋洋洒洒上千言，赞美鲁迅是青年的导师、新思想新文化的舵手、中华民族的脊梁。语文老师在课堂上将其作为范文朗读，说不用改一个字、一个标点符号，就是一篇好文章。这大概是之前我辍学两年，阅读那些现代文学作品的一个小结。

那时我对文学充满激情，学着鲁迅、郁达夫天天写日记，娓娓记录中学的每一日生活。但学了数理化，我的兴趣马上改变了。科学中的奥妙、光怪陆离的现象、严密的逻辑思维把我迷住了。

奔向清华园

1953年秋我初中毕业。那时，国家第一个五年建设计划开始，各行各业欣欣向荣，工业部利用重庆的工业底子，开办了不少工业专科学校，即中专，培养兴建工厂急需的技术人员。在同学中也盛行所谓"工专思想"，追求目标就是念中专。

有个老师提醒大家说，有条件的话，还是念普高好，可进一步接受高等教育，即上大学。记得初中二年级时文伯伦老师主持的一次畅谈理想的班会上，我信口说我要当科学家。那时我刚读一点物理、化学知识，比较感兴趣，不知天高地厚，就萌发出这个异想天开的畅想。几十年过后老同学聚会，有同学提起我这个发言，还很激动，说我的发言当年激起了他当工程师的理想。

我选择了读普高，因二哥已去泸州工作，我写了申请书，要求去泸州读高中。幸得批准，被录取到泸州四中高三班。泸州毕竟是川南重镇，又是当时川南行署的所在地，天地比县城合江宽广得多。泸州四中比不上一中、二中，但有桐阴中学（即我所读的泸州四中）创办人、教育家阴懋德老先生传承下来的好学风和校风。我如鱼得水，读书更加努力，学习成绩名列前茅，常常是满分。有的老师赞誉道，从未见过学习成绩这么好的学生。

1956年夏，经高考，我被录取为北京俄语学院留苏预备部留苏预备生。那时，国家高度重视人才培养，在交通要点设立大学新生接待站，管吃管住管交通，一切操心的事国家全包了。我带着简单的行李（一床被子、一床竹席和一些衣服），告别了母亲、哥嫂，乘轮船从泸州起航。途径合江，轮船鸣笛，我遥望母校合江中学，招了招手。送行的八弟兴启下船上岸，依依惜别，他的哥哥要随大江东去上北京念大学了。哪里知道，4年后，1960年夏我回家，老八考上了北京大学，我接他由合江同行逆流而上去泸州，走隆昌乘火车上北京,在成都火车站露天坝过夜。

北京俄语学院在北京魏公村,留苏预备部在城内宣武门鲍家街一座王府里。我们四川学生到达时,学生科科长正等候着我们,带我们去食堂吃了丰盛的午餐。

学校每月有20元的生活费,匀出3元给留苏读研究生的大哥大姐们,我还有17元,这也比其他高校学生多些。学校饭菜挺好,时有"山珍海味"。南方去的学生被子单薄,学生科及时送来了棉褥子。事后才听说,我们这批年轻学子得到周总理的直接关怀,主管干部尽心尽力。

教师是从哈尔滨俄文专科学校来的,杜柯老师教语言,谢青老师教语法。我是个大舌头,不灵活,卷舌音苦练了整整三个月,舌头才卷起来、灵活起来!

到1957年2月,俄语学得差不多可以会话了,中苏关系却开始不如以前,赫鲁晓夫上台,着手他的主张。5月前后,高教部杨秀峰部长来校,给我们做报告,讲明不去苏联,就在国内上大学。一些同学有些烦躁,写条子传上去。我心里平静,去哪上大学都一样,都是国家给我们的读书机会,学校始终对我们这批学生很关怀。

感谢张锡涛院长的两项决定:一是放假,可回家,可旅游,留下行李和联系地址,路费全包;二是留下填报的学校、专业,学校负责安排。

我挺高兴和放松,可以再一次选择人生之路。我早有准备,填报了清华大学工程物理系,最终如愿以偿。这是我人生的一个重要转折,使我得以参加一项国际尖端技术工程的创建工作。

我放弃了入北大物理系学半导体专业,选择了清华大学工程物理系。面对新中国的蓬勃发展,年轻人总是心高气盛。我事先专程去清华园踩点,不问西东,确信有理工结合的攻读尖端科学技术的工程物理系,学问很深,功课很重,很有读头,才选择了它。

清华园风光秀丽,百年树木参天,5月丁香花团锦簇。从北京西山流下的山泉,经颐和园、北大燕园,再流入清华园。一条水汪汪、清幽幽的小溪

清华园

横穿而过，也分岔流入荷花池。这里柳树成荫，空气清新、沁人心脾，到处都可找到安静读书的地方。

那时，正是青春年华。一进那桐书写的"清华园"二校门，看见大礼堂、科学馆、清华学堂、图书馆，犹如走进科学文化的大殿堂，一股现代化的新风迎面扑来。

那时，是政治当头的新时代，但清华的传统仍在，有"自强不息，厚德载物"的校训，大批欧美留学归来的科学家、学者才高八斗，治学严谨。相传刘仙洲的机械制图课，画一条线哪怕有一点瑕疵也过不了关。

这里，确是文化、科学融合汇聚之处，是培养人才的福地。

有幸，我在清华的6年，接受了高等知识的传授、受到了科学的熏陶，学术氛围也对我产生了潜移默化的影响，我得到了最好的现代化教育。

蒋南翔是新中国高教部部长兼清华大学校长。他自己就是清华大学文科高才生，抗日烽火中，在"一二·九"运动后奔赴延安。

我们最爱听他讲唯物主义辩证法。反右斗争后批判资产阶级个人主义，他在报告中举例：无线电系有位同学说要做精密机床，不去开拖拉机。蒋校长爱护式地批评说：两者都要做，高级人才要做，普通劳动者也要做，这就全面了。他力主学生双肩挑，要做好社会工作，也要学好功课，鼓舞广大学生锻炼好身体，"为祖国健康工作50年"。他常常挂在嘴边的一句话是：清华学生，是全国状元，考入清华不易，我们有责任把他们培养好。

在清华受到的唯物辩证法教育是很深刻的。何东昌是杨振宁、李政道的同学，传说脑袋大，思想丰富，思维敏捷。他是首任工程物理系主任，听说我们对同学中的小右派问题想不通，就请物23班20多人在小教室谈心，和蔼可亲地讲在清华应如何读书，讲清华的传统和学风，讲个人和集体、偶然和必然的辩证关系。这让我耳目一新，受益匪浅。

清华的图书馆里，阅览室宽敞、宁静，一张桌子可面对面地坐十几个同学，大家各自静静地读自己的书。大楼旁还有很多小教室，静得出奇。清华真是个读书的好地方。

教授讲课从不多说一句闲话，每句话都包含丰富的内容和知识点。授课笔记和教科书一样简练完整，交代的参考书目一大摞，听一堂课，需要较多时间阅读和消化。他们讲课，从不照本宣科，而是讲逻辑推理和科学思维。

清华大学图书馆

在清华，我听了终生难忘的三门课。

一是高等数学。书是苏联的别尔曼编的，译者是教授孙念增先生。孙先生把级数、导数、微分、积分讲活了，讲透了。

二是普通物理。我酷爱物理，听知名的物理学家何成钧先生授课，是我上大学时最大的幸福。恩格斯立足于物理学、生物学写的《自然辩证法》，何成钧先生是中文首译者，他是中科院物理所高级研究员，被定成右派后来到清华，给大一学生讲授普通物理，把复杂的物理现象讲得深入浅出、精彩纷呈。记得他讲物理巨匠爱因斯坦的光电效应研究，以及爱因斯坦因此而获得诺贝尔物理学奖；我国物理学家、时任中科院副院长的吴有训先生在国际上首次测得光电效应的感应系数，被称为"吴有训系数"。这给我们以极大激励。这种讲课，授之以渔，教书又育人，讲科学知识又讲思维方法。听何先生讲课，一听就懂，一学就会，考试很轻松就得5分。这是我一生最大的享受。

三是实验核物理。这门课很重要，是学原子能的技术基础课，讲原子核内中子、质子的运动规律，很合我的口味和兴趣，学起来津津有味。讲课的虽然是位年轻教师，但原来肯定是学核物理的高才生，备课非常认真。他讲课声音洪亮、抑扬顿挫，像是朗诵一篇科学散文，声情并茂，引人入胜。记得他动情地讲述 β 粒子的发现，是一名科学家以高深的理论分析预测，又用简单的仪器组合进行细微的实验真实测出核反应释放的 β 粒子。这让人深深懂得科学研究的思维和方法，探索奥妙，大道至简，做有心人，就会发现客观存在。

在清华，我读了三本终身受益的好书。

第一本是恩格斯的《自然辩证法》。此书让我学到了辩证唯物论的理论根据，它源自物理学的牛顿力学和生物学的达尔文进化论，让我第一次将马克思主义和现代科学联系了起来。世间万物是运动的，相对变化着的；物体之间是联系的，相互依赖制衡；物体的变化是渐进演化，由量变到质变；有作用力就有反作用力；大自然是协调而均衡的。这让人的宇宙观实现了飞跃。

第二本书是玛丽·居里《放射性》的俄文版。那时朱永濬先生讲授放射化学，我读到居里夫人的著作，加深了对放射性的认识，特别是放射性物质的放射性强度和半衰期之间关系公式的严谨推导，真实的科学家的风范令我印象深刻。居里夫人的言语流畅、优美，让人很容易理解放射性理论的精髓。读外文科学经典，是清华的一个传统。我寒暑假一般都在读外文书籍中度过。

第三本是《电极过程动力学》。那是1960年我在化学教研组辅导低年级同学做极谱实验时偶然发现的化学馆藏书，我如获至宝，躲在实验室角落熟读起来。这是用物理方法研究化学、电极过程的动力学，物质的氧化还原反应在电极表面进行，产生电子迁移从而形成电流，非常巧妙，也很直观。电能可变成化学能储存，或直接应用；也可将化学能转变成电能，成为电源。

清华大学的科学实验条件很好，设备健全完整，基础功课的实验也不含糊。

我天天上午奔波听课，下午进实验室，晚上整理数据、写实验报告，乐此不疲！

科学馆是专做物理实验的，出过钱三强、王淦昌等物理大师。记得做光学实验，台上一大堆透镜、支架，要自己制订实验方案、联线安装、观察影像、记录得出的规律。这是中级物理实验，很训练人。

化学馆四大化学（无机化学、有机化学、物理化学、分析化学）实验设施俱全。我记得有回做无机元素定性实验，几十个同学，每人一套实验器材，实验员早就安排好，好几个助教老师来回穿梭指导。做的是硫化物体系实验，每个试管有不同元素的无色物，滴入试剂，根据显示的颜色定性是什么元素。这是科学的实验方法。

物理化学实验室在底楼，一进门就见到挂在墙上的贝克曼温度计，很精致。

分析化学的极谱波分析实验，用的是1938年捷克人制作的原理机，完

清华大学科学馆

全敞开,一目了然。分液漏斗滴出汞滴,时刻更新电极表面,让人直观地看到电极、电桥、缓冲溶液、连线、电位差计,非常醒目地展示电化学的整体。

有机化学更有意思。记得做酯化反应实验,是酒精和醋酸反应生成鱼香味的乙酸乙酯,热源是本生灯。实验结果要称量和计算出产率。我的邻桌是心专手巧的孟祥发,这种讲究效率的科学实验,他做得好,产率最高。做科学实验重在严谨、细心,不可马马虎虎。

清华大学的毕业设计是真刀实枪的。这是蒋南翔校长独创的综合培养合格人才的方法,也是检验大学的教学效果、锻炼学生独立工作能力的途径。

我和教师彼此熟悉,平常就留心观察专业领域的研究动向。几经曲折,我毕业设计的题目确定为"铀的氧化还原电位的变化研究"。留苏博士徐志固做我的指导教师。

清华大学化学馆

那时的同学都友爱互助。曲志华把自行车借给我，我带上两个馒头从位于北京西边的清华园，骑车到北海公园旁边的国家图书馆，用两个星期天查阅有关文献，追根查到19世纪30年代俄国科学家做的铀的价位变化的资料。我没费太多工夫，写出了读书报告，并提出了科研路线，得到徐先生的称赞。

一切实验自己动手，需要什么向实验员要，都给。铂（Pt）片、丝很昂贵，也给。其他玻璃器皿、化学试剂样样俱全。自己配制实验溶液，连接线路，组成电位测量系统，操作实验，记录数据，整理绘制曲线，找出规律，全靠一个人。感谢徐志固老师给了我一本实验误差近似计算的俄文小册子，我得以把实验数据处理得很好，绘制的曲线明晰。

铂电极片原是打小孔，用铂丝钩排挂着，松动一下电位就测得不准。我想无线电系肯定能做导线的精细微焊接。我拿着铂片、铂丝到无线电系大楼门口，向门卫师傅求助。他没有多话，叫我等一等，一会儿就拿着焊得结实、打磨得锃亮、连接牢靠的铂电极片给我，后来我在实验中得心应手。

我做毕业论文，真忙，真累！白天上午要补课，下午要做实验，晚上要整理数据和复习。我有点筋疲力尽了！再坚持一下吧！继续往前做，果不其然，我做出了第二个阶跃平台，验证了铀的核外电子的跃变规律，加深了对电子层结构的认识。

我的毕业论文做得完整、有规律、深入，得到很高的评价，我受到了全面的训练。

参加一项宏大工程

大学毕业，我被分配到二机部北京5所，即后来的化工冶金研究院，承担的任务是对天然铀矿进行水法冶炼，直到成为核纯产品（不含吸收中子的杂质），俗称放射性铀的"前处理"。

我的心愿是当科学家，但那时二机部沿用法国的科学人才管理办法，要求用懂科学的人管理科学干部，我被留在干部部。我很痛苦，心中苦苦地寻找出路。

我羡慕同期的同学在图书阅览室静静地查阅资料，羡慕他们进出实验大楼。生活上也有差别，他们吃保健食堂，天天有牛奶喝，我们吃简易小食堂，每天6角伙食费。

第一次领到46元见习工资，沉甸甸的，我从来没得到过这么多的钱，首先想到我母亲，就到邮局寄了10元给她老人家。我念了7年大学，她时常抱怨："李五，你怎么还念书？妈等不了了！"这下她应该释怀了！当时老八正上北京大学，我每月资助他10元，二哥伯琦资助他10元，直到他毕业工作。

那时，我自己的棉袄补丁盖补丁，绒裤穿了七八年，一年后才稍有改善。

核潜艇研发从1958年开始，1965年工程正式上马，建造作为潜艇核动力装置的陆上模式核反应堆。这时负责这项工程的715所到5所来调人。我动心了：我原本追逐的工程物理，就是这个目标！

九〇九基地初期的草棚食堂

　　这样庞大的尖端技术工程是很吸引人的，此时攻关的是军用核潜艇，往后还有民用核电站。我毅然决然地去钓鱼台附近的马神庙 1 号核工业部二院大楼六楼 715 所政治部，在赵崇轩领导引导下，向冯寿璋主任毛遂自荐，很快如愿加入核动力科技队伍。

　　我是 1968 年 4 月 20 日离开北京的，坐慢车硬座晃晃悠悠于 23 日到成都，迅速转乘成昆线的慢车，深夜到达对外称为西南水电研究所的九〇九基地所在地的双福火车站，摸黑来到只有几张简易床铺的招待所。

　　生活是异常艰苦的，住的是"干打垒"，与老鼠、蚊虫相伴；走的是田埂和刚修好的三合土"水泥路"，雨天是一路泥，晴天是满天灰；喝的水是稻田水；没有商店，没有副食供应，星期天和老乡一样，背着背篓赶场，去买鸡蛋、蔬菜。我们戏称这是过着农耕生活甚至原始生活，干现代化的尖端技术工程，"喇叭一响，五分四两（五分钱的空心菜，四两米饭）"。

　　工地刚建，四处都是施工的繁忙景象。我坐办公室少，多数时候是从这个山沟走到另一个山沟。我曾估算过，一天要走 5 至 10 公里，不到中午就饿得出冷汗。北京粮票又赶不上趟，我干脆断了自己的后路，把户口、粮食关系转到四川。主管小孙劝我，北京户口黄金也买不来，留着还可回去，我没有听。

基地建设所选之地，依山傍水。

这是个世外桃源，从青衣江南坝溪口，沿溪行，不知远近，到一个三面环山的凹地。山上青松翠竹，遮天蔽日，一片幽静，十分隐蔽，山下流水潺潺。中国第一座核动力反应堆装置就将在一个山岭前的一块平地上，发出中国核动力的第一束光芒，也将成为海上撒手锏——核潜艇永不衰竭的动力之源，壮国威，壮军威。这是何等壮丽的事业！为之奋斗，我感到无比骄傲和自豪，它是每个参与者一生中光辉的一页！

按照周恩来总理"全力准备，万无一失"的指示，全国一盘棋，有上千个科研院所、工厂，十万余名科技人员和工人协同磨合，攻克技术关，研究材料，制备新设备。身经百战的时任国防科工委主任聂荣臻元帅亲自督战。全国指挥系统畅通、高效，全国人民万众一心，为核潜艇动力工程而战。

工地建设壮观的情景让人热血沸腾，激动万分。

双福火车站是成昆线上的一个小站，一天一个样，从全国各地运来的设备堆积如山，占满了仓库、站台和空地，等着被运去安装调试。这是715所的科技人员在完成施工设计后奔赴工厂驻厂配合制造取得的硕果。

建造核动力系统有个严格的规定，没有经过实验反复证明成熟的技术，没有通过严格检验的材料、设备，均不得用于核反应堆。在绵延十多公里的山埂上，一个山窝挨着又一个山窝，建起了数十个实验室，进行了物理、热工、水力、力学、材料、水化学等方面的实验，取得了大批可靠的数据。这是实实在在的科学研究！

毛主席的"核潜艇，一万年也要搞出来"的号令，召唤来了各路精英。"任务就是命令，工地就是战场。"一支核动力的科技铁军浩浩荡荡地奔赴群山环抱的工地。这是新中国培养的第一代核动力专家。首任总工程师彭士禄，矮个子，却那么有魄力，敢于拍板；那么有智慧，抓住主旨、主参数不放；又那么平易近人，主张技术民主。如果有人对他说："彭总，我做了，你说的不对！"他就会说："就按你做的办吧！做对了功劳是你的，错了责任是我老彭的。"他总是说："我们干的是前人没干过的，要冒点险。活着干，死了算!"面对宏伟的事业,这是彭总工程师的座右铭。

做技术管理干部,要把人和技术结合起来。我到核潜艇建设现场,钻人孔、爬悬梯,从堆仓到主机仓、辅机舱、测功器系统(模拟推进系统),熟悉了大概情况。

我常去物理、热工、水力、力学、材料、水化学、焊接、腐蚀等实验室观察实验研究,和科技人员接触。那时,我把学到的科学知识暂时放到一边,脑子里全是科技人员的名字,为了真实地了解科技人员的本事,本着"不轻易肯定一个人,也不能轻易否定一个人"的原则,我深入了解科技人员所学专业。我也很关注他们的指导老师是谁,毕竟"师高弟子强"嘛,这对"知人善任"很有好处!还要动态地了解人事,比如他们当前在干什么,遇到难题是如何解决的。这锻炼了我做管理的真功夫。

这里讲几个关于知识分子的故事。

第一个是关于彭士禄的。彭士禄是我党农民运动领袖澎湃之子。澎湃英勇就义时,彭士禄年仅3岁,其祖母含辛茹苦,辗转掩护,抚养他长大。核潜艇陆上模式反应堆工程进行得如火如荼时,广东海丰政府打来电话通知他祖母病危,但他没有空立刻回应。等到彭总有空了,想让电话员接通电话回

九〇九基地力学实验室俯瞰图

九〇九基地力学实验室室内

话,我们的电话员可较真了,回答道:"就这一根电话外线,这是私事,你彭总也不能用。"彭总只好自掏腰包拍了个电报。

第二个故事是关于清华大学毕业的核物理专门人才王承基的。他早早地参加了核动力事业,这是他追求的终极目标。他的夫人孙吉荣为了支持他,动员两老卖掉老家东北的全部家产,随同来到一切陌生的四川,和大家一起过苦日子。物资匮乏,只能保证岳父每天一个鸡蛋,结果小女儿吃光了让她送给姥爷的荷包蛋,年轻的王承基夫妇看着,一言不发,两眼泪汪汪,这包含着多么复杂的心情。为了中国的核动力事业,举家老小都搭进去了。

这是八千军民日夜奋战的激情岁月!

1970年8月30日,核潜艇陆上模式反应堆达到了满功率,核动力点亮了第一盏灯泡,开创了中国核动力的新纪元!这是原子能科学技术在中国

九〇九基地居民点楼房

李兴汉夫妇在九〇九基地长楼旧址

的一个里程碑，不靠天，不靠地，靠的是中华儿女自己！

中国的知识分子，就像鲁迅说过的，吃的是草，挤出来的是奶！九〇九基地的这支核动力科技队伍，默默无闻地干着核动力研究设计这么复杂尖端的工作，多么难得啊！

那时，大多数科技人员在核潜艇陆上模式反应堆研制中多年独居，无牵无挂，全身心投入工作。后来工程建成了，想到要照顾家了，有妻子在外地、小孩要哺育的，要求解决两地分居问题的呼声很高。我是具体办事员，工作在我手里，我会想办法！我沿着狭窄的田埂路，一个实验室接着一个实验室地跑，把分居两地的人员登记造册，把底摸了个透。另一边因"先生产后生活"，多数后勤保障部门空空如也，急需有人把后勤工作撑起来。这是一举两得的事情，何乐而不为呢？我在心中给自己定了一个目标，用一两年的努力，把科技人员与家人两地分居的问题解决好，把医院、学校办好。核动力科技队伍壮大、巩固、稳定了，就是国家通过核潜艇陆上模式反应堆工程投资得到的一笔巨大的财富。可以一心一意保护好这支队伍，我心里要多高兴就有多高兴！

随后，在组织的安排和推动下，从列宁格勒造船学院留学归来的张维忠（反应堆回路系统专家）的夫人董林仙（从事中学教育的领导）调来当校长。没几年，在董校长的管理下，九〇九基地子弟中学成了四川省重点中学，每年培养出很多优秀毕业生。留苏归来的热工测量专家林杰的夫人、上海医科大学研究生毕业的陈榕（妇产科专家）调来了，给九〇九基地的女同胞带来了福祉。热工及水力专家高云鹏的夫人、上海医科大学毕业的孙小苍（内科专家）从北京调来了，儿科专家蒋毓贞大夫、陈晔大夫，外科

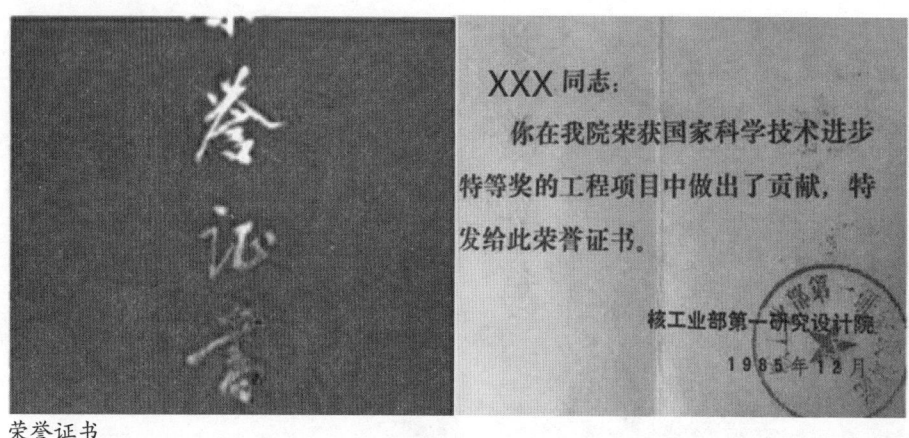

荣誉证书

专家杨慧珠大夫等都调来了。一时间，基地的医院科室齐全，超过了县级医院水平，大家治病、保健有了保障。

1978年，全国科学大会后，科学技术进步奖的奖励办法颁布，极大地鼓舞了人心。负责核动力反应堆总体设计的沈抗撰写了装置的研制技术简要报告，我写了特等奖申报书。经过国家层面的评审，该工程被核准为国家科学技术进步奖特等奖，获得金光闪闪的奖杯。我国核潜艇研制是举全国之力、聚近万科技人员和工人之功而成的，但获奖人员仅止于总工程师级的少数人，怎么办？

我萌发了一个主意：给每个人都颁发荣誉证书！

我请示了周圣洋院长，他满口赞成，同意盖上核工业部第一研究设计院的大章。我的心里踏实了，同志们高兴了，把这张几平方厘米的薄薄小红纸举在头顶，喊着："我这辈子活得值了！""这是我一生最大的幸福！"

人生的幸事莫过于自己的劳动和智慧得到承认和肯定！难怪科技人员这么高兴！

红色少年从清华园到九〇九基地

文 | 施永长

施永长

| 科学家简介 |

施永长（1938—2018），山东临清人，清华大学核能与新能源技术研究院教授。1964年毕业于清华大学工程物理系核反应堆工程专业，先后参加了我国核潜艇陆上模式堆的设计建造工作以及我国核供热堆的研究、设计和建造工作，发表论文10余篇，获得国家科学技术进步奖一等奖等若干奖项。

战争中奔波

父亲原是一名小学教师，1936年肄业于山东聊城师范学校，是有抗日热情的知识分子。他在临清县江庄小学教书时，被我姥爷看中，把我母亲许配给他。父亲母亲就这样结婚了。1938年我出生了，当年9月父亲参加中国共产党，11月加入八路军129师武装工作团，后转移到115师下属部队，参加了创建山东抗日根据地的斗争。到了根据地，为了保护家人不受牵连，参加革命的人一律改姓名。父亲原名郑世彤，把姓去掉，剩下两个字，把"世"改成"施"，就叫施彤了。

1943年我5岁，跟随母亲去到山东抗日根据地，找到父亲"参加革命"，我成了小八路。

我母亲来自农村，不识字，在根据地参加革命后也入了党。他们生育了八个子女，我比老八妹妹整整大了18岁。日本鬼子扫荡根据地时，父亲带着机关干部和女同志转移，母亲因为脚小（她缠过足），又带着两个孩子，跟不上队伍，只好带着孩子跟老乡一起"跑鬼子"，在老乡掩护下，躲过鬼子的搜索、扫荡。

在根据地，母亲为生产队做饭，我经常到生产队的油坊玩耍，赶毛驴拉碾子磨黄豆、花生榨油，有时油坊叔叔给我芝麻饼、花生饼吃，香极了。生产队的油是供给八路军部队的，那时山东八路军就已经发展壮大，20多万人的部队需要吃油，豆

施永长的父亲与母亲

饼用作马的饲料。

我是吃共产党的饭长大的,感谢共产党的养育之恩!

1945年底,我和母亲、大妹妹跟随调往东北的八路军机关大队,从山东临沂抗日根据地赶往莱州湾的龙口。母亲骑毛驴走在前面,我骑另一头毛驴跟在后面,妹妹1岁多,用包裹包着放在毛驴驮的箩筐里,另一边箩筐放一个包袱,那就是我们的全部家当。到了龙口,上了一条小汽船,船底有一个大仓,我们就躺在大仓里。母亲说,同船还有罗荣桓元帅和夫人林月琴以及他们的两个孩子罗东进、罗南下。60年后在北京一零一中学校友会上,我和罗东进相遇,谈起了从龙口坐船去东北的事,才知道我们确实是和罗荣桓元帅乘同一条船跨渤海去东北的。

父亲和相关同志留下处理后续事务,直到第二年3月12日,他们才在龙口集中前往东北。

1946年,因为父亲工作转移,东北的许多地方,如安东(今丹东)、凤凰城(今凤城)、通化,还有更多小地方,我都去过,在这些地方辗转着读小学。

随着解放战争的胜利发展,解放军部队内的孩子也越来越多。1948年10月,东北野战军第五纵队送我和师团干部的另外五个孩子坐火车到哈尔滨东北民主联军南岗干部子弟小学上学。当时我10岁,上三年级,那是学校最高年级,我们班全班9人,女生4人,男生5人。罗东进也在这个学校上二年级。林月琴是学校的校长。

后来,上学的孩子越来越多,林月琴校长把林彪在哈尔滨司令部的房子用来做学校,给叶群一家找了另外的住处。

1949年1月天津解放。2月

抗日战争胜利后,父亲施彤(后排右一)与战友在龙口合影

1946年，施永长与母亲、大妹妹在安东

1948年10月，东北野战军第五纵队干部六位子女去哈尔滨东北民主联军南岗干部子弟小学。第二排中间为施永长

子弟小学就搬到天津湖北路85号原天津市民政局院子里，3月开学。因为东北、华北解放，很多干部把孩子从家里接来，送到子弟小学上学，学生人数突然大增到298人。

5月汉口解放。8月子弟小学先遣人员进驻汉口陆军总医院旁边学府一路的一个院子内，9月开学。彭德怀的三个侄子和侄女彭玉兰（彭钢）也都进入该校。

10月广州解放。1950年3月由余慎校长在广州成立了第十五兵团干部子弟小学，4月余校长把校长重任转交给老红军谭政的夫人王长德。

子弟小学从东北的松花江畔辗转到天津、武汉、广州，行程数千里，没有地域限制，哪儿需要就在哪儿安家。我会一辈子感谢培养我们长大的林月琴、余慎、王长德校长，还有所有老师、阿姨。

中国人民解放军第四野战军各个部队、部门都对子弟小学有感情，给予特殊关照。记得解放天津之后，从国民党仓库里缴获大批战利品，有美国援助国民党军队的牛肉罐头、水果罐头，部队把这些送到学校给我们吃。牛肉罐头的香味，我至今记忆犹新。

我们的生活有阿姨照顾。有的小同学4岁就入学了，晚上睡觉时，阿姨陪着我们住在一个房间，她们把我们当子女一样看待。每年发统一服装，包括新式海军服、春夏秋冬装，内衣、外衣、鞋袜、帽子也全部供给。衣服布料是卡其布，秋冬还能穿上呢子服。四野给了我们小学稳定的物资、财政保障。

施永长与学校里照顾生活的阿姨

为了使孩子们能有一个安静、舒适的学校环境，后来王长德校长选中庐山作为校址。到了庐山，地方大了，就有了体育课、美术课、劳作课等。

北京一零一中学

1952年小学毕业，我们班二三十个孩子面临去哪儿升学的问题。当时，部分学生的父母赴朝鲜参战，在国内没有稳定驻地。学校决定把这部分学生送到北京，去考供给制中学北京师大附中二部（即一零一中学）和北京师大女附中。我父亲所在的四十二军是第一批入朝作战的部队，所以我被选入了到北京上学的行列。当时学校选出四个成绩优异的学生去北京考试，试试子弟学校的教学水平，我是其中之一。结果我们都考上了。王长德校长听后非常高兴，特批我们去北京的学生每人15元作为零用钱。由于我们的家长或在朝鲜作战或在广西剿匪，在北京暂无驻地，北京师大附中二部房子还没有盖好，考完试后我们又回庐山度暑假，开学后才到北京上学。

1952年10月，一零一中学初一新生开学。学校宿舍没盖好，新生就住在教室里。中学不同于小学，没有阿姨照顾，一切生活要靠自己。我开始自己洗衣服，会做缝补之类的生活杂事，养成了很强的生活自理能力。

在中学，我参加了航模小组。1955年在北京立水桥举行的北京首届航空模型比赛会中，我们的二级牵引模型滑翔机获得第一名。

后来的北京一零一中学校史《圆明春雨育英才》中说："拿施永长为例，他是航模组优秀组员，也是北京航模代表队队员，是本校中长跑队队员，曾多次参加中学生运动会，获得3000米项目冠军，是我们年级唯一的连续六年全五分保持者。"其实是得过四分的。我六年获得过五枚学习优良奖章，初一没有评选，此后每年一枚。是什么给了我这么大的力量？我想应该是对理想的追求吧。

1955年北京首届航空模型比赛会奖章

刚考入一零一中学时，我还是个身体瘦弱、文质彬彬的小男孩，同学给我起了一个"小姐"的外号。但一零一中学有一个好传统，提倡锻炼身体。1953年毛主席号召青年做到"三好"，第一位是"身体好"，然后才是"学习好""工作好"。学校的体育锻炼风气很浓，同学们每天早晨起床第一件事就是到操场上做早操，锻炼身体。

初二时同学开玩笑，选我做体育委员，让我带头参加学校运动会。我没有别的项目可选，只能练习长跑。高一，我参加在陶然亭公园举行的中学生运动会3000米越野赛，获得第三名。体育王老师发现我是个运动苗子，把我拉进中长跑队训练，请来体育学院老师指导我们。

高二，我获得北京市中学生田径运动会3000米长跑项目的第一名，并获得北京市"三好学生"荣誉称号。

当初同学们出于玩笑把我推到班体育委员的位子上，没想到歪打正

北京体育学院优秀田径运动员到北京一零一中学进行教学实习,与一零一中学田径中长跑队合影。后排右四为施永长

着,我经过努力,竟然实现了在运动会上获得奖牌的愿望。

中学毕业了,我感觉我行,学习上我行,体育上我也行!我建立了极大的自信。

清华大学选择了我

我是1958年从一零一中学毕业的,当我在北京先农坛体育场5000米长跑比赛中跑出了16分4秒9的好成绩时,我并不知道它对我个人的意义。谁也不会想到,我这个文弱少年会因为体育成绩优秀而被清华大学选中。考虑到我的体育成绩和良好的学业成绩,清华大学为我敞开了大门。可当时我并不知情,对清华大学也几乎一无所知。

后来知道,清华大学体育教研室夏翔教授是当时北京体委副主任,也是著名体育运动教练。当年北京市中学生运动会,他坐在主席台观看比赛,赛后把前6名的高三学生名单带回学校,发现我是3000米长跑和5000米长跑两项的第一名，成绩不错，已经达到北京市优秀运动员的水平。于是派人来动员我报考清华。清华大学招生办来到一零一中学，直接对我说："你考我们学校吧，我们考察了你的中学成绩，认为你有能力考我们学校。"我找到班主任，把本来已经上交的志愿表要回来，把第一志愿北京航空航天大学（由于喜欢航模，想成为飞机制造工程师，所以报名北航）改成了清华大学工程物理系，听说这是清华最好的系，我就填了它为第一志愿。经过高考，我如愿走进了清华园。

田径代表队中长跑项目的6位集训队员。后排左一为施永长

清华大学组建了一个完整的田径代表队，各个项目男女队员齐备，并且都采用一线集训队的组织方式，除上课以外，队员一切活动都由代表队管理。代表队有党组织，艾知生同志就是学校当年主管文艺体育的党委副书记。1964年

施永长（前一）在1959年北京市高校运动会男子10000米长跑比赛中

北京高校运动会，他用吉普车专程送我去参加10000米长跑比赛。

我们队员一起吃，一起住，一起参加政治学习，一起进行体育锻炼。因此我们队员有两个集体，一个是田径代表队，一个是各自所在的班集体。

北京每年5月都有全市高校运动会，在几个知名大学和学院轮流举办。各校同学都来观看，为自己学校的运动员加油助威。每当此时，同学们都像过节一样，大家自发地、热情洋溢地来到现场。观众台上人山人海，呐喊声不绝于耳，极大地鼓舞了我们运动员的士气。

经过一年的艰苦训练，在1959年北京市第五届高校运动会上，清华大

学代表队取得男女团体、男子团体、女子团体三个团体总分第一名,大大超过上一届的成绩。我是大一学生,第一次参加高校运动会,获得了 5000 米长跑和 10000 米长跑两项第二名,与第一名只有一肩之差。运动会后,在第二教学楼会议室,我作为田径队代表受到蒋南翔校长的接见。蒋校长用浓重的南方口音问我来年有什么想法和打算,我非常坚定地回答:"明年我要拿第一。"蒋校长问我有没有把握,我说:"我年轻,只有 21 岁,通过训练一定会有很大的进步。第一名年纪大了,成绩会走下坡。所以我相信我一定会拿第一名。"蒋校长听了很高兴,连连说等着明年听我的好消息。

第二年我果然拿了这两项的第一名。蒋校长又一次接见了我们,并和我们聚餐。

我在 1960 年和 1964 年的高校运动会上都拿了 5000 米长跑和 10000 米长跑双项冠军。

1964 年,清华大学校刊《新清华》做了如下报道:

1960 年北京市高校运动会 5000 米长跑比赛中。右一为施永长

1964 年北京市高校运动会,施永长(右一)代表清华大学田径代表队领取男女团体总分冠军奖杯

工程物理系六年级学生施永长，是我校长跑项目中3000米、5000米、10000米三项纪录保持者，在这次高校运动会上，再次获得5000米和10000米两项冠军。

施永长在长跑上一直表现突出，入学以来曾多次代表学校参加市里的比赛，并且取得了好成绩。大一时在西郊高校运动会上打破了当时的高校纪录，取得10000米亚军。1960年在第六届高校运动会上又取得5000米、10000米两项冠军。在去年高校运动会上又打破了3000米纪录，取得第二名。这次运动会前，施永长重点准备5000米和10000米，他一次练习要在操场上转30圈，进行忽快忽慢的变速跑。有时他进行越野跑，从学校西门经颐和园一直跑到黑山扈，来回一趟50~60分钟，就这样施永长练出了一个不怕风、不怕雨、不怕热的身体，即使在中午12点也能跑10000米的过硬本领。

6年来，施永长在学习上也和锻炼一样刻苦顽强，努力钻研，取得了较好成绩。学校贯彻"少而精"的教学原则以来，他更加努力，充实了理论学习基础，克服薄弱环节，他说："学习现在更扎实了，感到心中有底了。"在毕业设计中他有任何观点都能深入实际向工人师傅请教，得到教师好评。

几年来施永长积极参加各项政治活动，认真学习毛主席著作，努力改造思想。现在施永长快要毕业了，他决心服从分配。他表示："哪里需要我，我就上哪里，参加工作后也要坚持锻炼身体，争取健康地为祖国工作50年。"

我和夏翔教授建立了深厚的友谊，在我即将离开母校时，夏先生送给了我一张他本人的大二寸标准照，背后留言"永长同学留念"六个字，并签下他的名字。盖红色大印。

在九〇九基地的日子

1964年毕业之后，我被分配到哈尔滨军事工程学院（简称"哈军工"）原子能系当教员。当时参加工作，要先下连当兵锻炼一年。回到哈军工之后，由于教研室没有教学任务，因此教研室三四十位同事几乎全部被派到北京核工业部二院二部（715所）参加核潜艇工程会战。

按照美苏做法，建造核潜艇要先在陆地上建模式堆，和核潜艇同样大小，核动力装置结构形式相同，在陆地上模拟海上运行情况进行实验。

1965年当兵的施永长

根据当时国内外政治形势，西南大三线的四川是陆上模式堆选址的最佳方案。经过多方勘察比较，成都平原西南的大山之中一块山清水秀又隐蔽的地方，成为陆上模式堆的正式选址。在建造陆上模式堆的同时，还要建造二三十个工程实验室，另外要建办公楼、小学校、医院及家属宿舍等配套设施，这些工程统一称作"九〇九基地"。为什么叫"九〇九"？据说，因为715所前身属于海军，归入核工业部后要和194所合并，715和194两个数字相加正好是909。

由于当时选址采用战时指导思想，两山之间就是江河，在一条江上游一个山坳里住有一户农家，四面环山，中间有一片足球场大小的空地，正好够建一个厂房和排废气的烟筒，只有一条路从山坳边通过。地形十分隐蔽，陆上模式堆就选在这个地方，称作1号点。另外在紧靠铁路和一条江交汇的一片山丘地带修建办公楼等附属建筑，便于人员来往和设备运输，以利工程修建，称作2号点。

我到715所的时候，核潜艇工程已经全面上马，设计方案已得到批

核潜艇陆上模式堆1号点厂房

准,正在进行初步设计。初到时我被分配在回路室工作,并曾到造船厂和常规潜艇上参观考察,增加对核潜艇的了解和认识,为回路布置设计做准备。后来老学长臧明昌把我召入他的课题组,这个组由两部分人组成,一部分是715所的,另一部分是194所零功率组的。课题组负责陆上模式堆的物理启动工作,由臧明昌和陈雄月任组长。分配给我的任务是负责大型零功率启动实验室的建造、安装和调试。这个启动实验室就是一个零功率反应堆。

我刚到基地的时候,临时住在招待所里。大型零功率实验室被称为18号实验室,建在光秃秃的山丘上,在离2号点最远处,靠近江的一边。实验室工地距离招待所有好几里地,我每天都要徒步来回,雷雨天也一样。虽然害怕,但是看着工号建筑一天天建起来,心里还是美滋滋的。

我每天去工地和工人师傅们在一起。工人师傅们看到有人在等待他们的劳动成果,知道他们的工作是急需的,所以干起活来也就有劲了。

印象最深的是一次修改、纠正施工错误。实验大厅浇筑木模支撑好以后，现场人员发现大厅的吊车轨道宽距与图纸不符，短了12厘米，吊车的车轮放不到支撑轨道上。发现这一情况的时候，马上要浇灌混凝土了，木模是一个5层楼高、20米长的庞然大物，要改变木模支撑全部重来谈何容易？这是施工人员的错误。经过计算，我认为改变吊车跨度也是一个可行的弥补办法。为了保证工程进度，我就主动承担起修改吊车跨度的工作，把吊车跨度减少12厘米。150工厂一位钳工老师傅修改了吊车，改得很好，后来使用一点问题都没有。

工地建设由土建、安装、业主三方面单位的人各自承担责任，相互配合。我经常要和施工师傅们商讨一些修修补补的工程问题，就这样和他们相处得很熟，因此专业组同事们给我起了一个外号——"工头"。到了1970年春季，经过一年多施工，大型零功率实验室的土建部分完工了。又经过三个月的设备安装和调试，到4月底，零功率实验室就完工了。

零功率实验室外景

零功率实验室竣工、验收以后，要把外地生产的陆上模式堆燃料元件运到实验室来。燃料元件是国家战略物资，需要由火车武装押运。我作为物理实验方的代表参加了元件的验收和押运。虽然这个工作很平常，没有太多技术性，也没有多大危险，但是它的分量却很重，因为一炉核燃料关系到工程的成败。能承担押运的任务，这是领导对我的信任和给我的重托，我为此感到高兴和自豪。去元件厂之前，我们做了运输燃料元件的准备工作，为火车运输设计了专用燃料组件运输支架。

新生产的核燃料元件是没有放射性的，所以货运车厢可以挂在客运列车后面。货运车厢内设有卧铺供长途休息使用，火车的两端站双岗，由荷枪实弹的解放军战士时刻戒备着。押运人员和列车员一样待遇，在列车上吃饭不收费。在车厢中押运燃料元件，除解放军战士之外，就我一个人检查包装箱的情况。解放军战士是外围警戒，一般不进车厢。这时我的责任是多么重大！一艘核潜艇的核燃料元件的看护责任就落在我身上。

5月初正式开始零功率实验，用于验证反应堆物理理论设计，为陆上模式堆启动、运行做好充分准备。零功率实验必须在陆上模式堆启动前三个月或半年完成，实验完成后，要立刻把燃料元件送到陆上模式堆，准备启动、运行。

实验第一天出了一个小事故。

为了安全，堆芯筒下面安装有一个电磁阀门，可以迅速排泄桶内水，这是避免实验时反应堆发生超临界事故的措施之一。

当值班组长下令开堆时，操纵员小谢按下按钮，控制室里安静极了，没有听到"啪"的一声磁铁响，大家也没有在意。过了一会儿，一股烧焦味儿从楼下回路室飘来，大家疑惑不解，我意识到电磁铁线圈烧了，大叫："快断电，电磁阀烧了！"大家恍然大惊。

实验室没有修理工，我和小陆亲自动手，在库房找到新电磁铁线圈，动用工号的车床、钻床，把在清华所学的本事亮了出来，自己在车床、钻床上加工，把电磁阀上烧坏的线圈换了下来，再把修好的电磁阀重新装到堆芯筒上。第二天重新开始实验。

物理实验完成后，马上把堆芯的核燃料元件拆出，装车运送到1号点完成陆上模式堆装堆，物理实验人员和陆上模式堆运行人员合作，进行一系列运行操作。在零功率实验数据的基础上，陆上模式堆启动运行很顺利，1970年8月底达到满功率。

彭士禄后来在《回顾与展望》中这样评价我们的工作："最后，科技实验人员发挥了他们的聪明才智，用最短时间和最少的经费建立了1∶1的零功率实验装置，在仔细地实验、修正后得出了所设计的反应堆在冷态下完全可控制的结论，并取得大批极有价值的参数，为反应堆安全运行做出了极大贡献。"

在九〇九基地的8年，是我进入社会工作的第一个人生台阶，后来我回到清华大学，这一点显得更重要了。通过设计、建造核反应堆实践，我得到了很大的专业锻炼，真正是实践出真知、实践考验人、实践锻炼人！

后来，我因工作需要上艇，第一次看到了浮在海水中的真正的核潜艇。那是一个庞然大物，停放在码头上，它的大部分沉在海水里，与电视画面中看到的美国、俄罗斯的核潜艇一样。就是这条核潜艇，让我们中国人自豪，让外国人关注和畏惧。去艇内看，从前向后数，第一节是武备舱，接下来是指挥舱。指挥舱里仪表盘很多，我不感兴趣，好玩的是潜望镜，两个把手一扶，360度可旋转，眼睛贴近一看，清楚极了，而且是广角，能看到大半个海港，那景色可漂亮了。

我参加的该项核动力工程获得1985年国家科学技术进步奖特等奖。我收到核工业部第一研究设计院寄来的荣誉证书和36元钱奖励。钱虽然不算多，但我想这是我的工作受到了国家的肯定与赞扬吧！

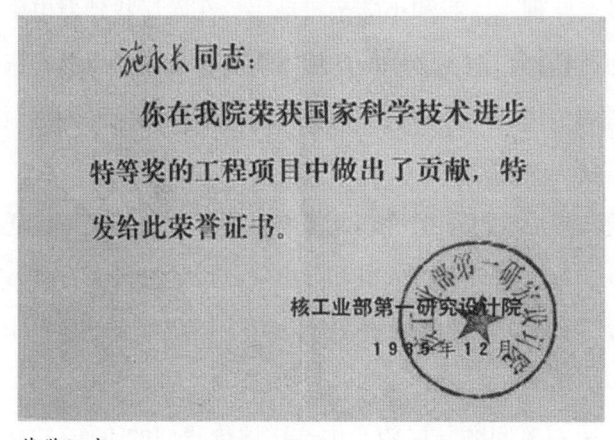

荣誉证书

我的圆梦之路
——中国核动力研究设计院原院长杨岐自述

文 | 杨 岐

杨 岐

影入平羌

| 科学家简介 |

　　杨岐（1941—），四川成都人。1965年毕业于清华大学自动控制系反应堆控制专业。中国核动力研究设计院原院长，研究员级高级工程师。第十届、十一届全国政协常委，第八至十届四川省人大常委。曾任中国核能行业协会副理事长、中国核学会常务理事、全国反应堆仪器仪表标准化技术委员会主任委员、四川省委省政府决策咨询委员会委员。现任四川省核学会荣誉理事长、四川省核技术应用协会名誉理事长、中西部核学会联合体顾问。长期从事反应堆控制与仪表系统研究设计，为该领域学科带头人，为第一代核潜艇反应堆研制多种设备，率先研究核电站数字化仿真系统，主持多项国家重大攻关项目，曾获国家发明奖、国家级和省部级科学技术进步奖十余项，被授予四川省学术技术带头人，部级、国家级有突出贡献中青年专家等称号。享受国务院政府特殊津贴。

　　杨岐在担任中国核动力研究设计院院长期间，主持完成秦山二期核电站、潜艇核动力装置、新型脉冲反应堆工程的研究设计，先进压水堆核电站、新型核动力装置的预先研究等工作。

我的父母

我出生在抗日战争年代。当年为了躲避日本飞机的轰炸,全家住到成都城外锦江畔望江楼对门的一所学校里,我就出生在那里。我家兄弟姊妹四个,我比最小的姐姐小 14 岁,父母"老年得子",我自然很受宠爱。然而战争使我们的生活不能安宁,父母常常背着我"跑警报",我就趴在父母的背上长大。

父亲是一名老知识分子,从四川东文学堂毕业后,前往日本留学,就读于东京师范大学,专修数学、物理。他参加过孙中山先生组建的同盟会,在海滨拯救过溺水的郭沫若。父亲有感于日本的明治维新,满脑子"教育救国"思想。回国后先后在四川大学(前身)、四川省教育厅、华西大学、四川省平民教育会任职,毕生致力于平民教育。新中国成立后,已退休的他仍积极参与街道居民委员会组织的扫盲工作。在担任成都市、川西区人大代表期间,他也积极建议政府努力发展教育事业。

父亲对子女的教育严格、严谨、严厉,要求我勤奋刻苦、出类拔萃,经常讲要做到"别人会的,你要会;别人不会的,你也要努力学会",鼓励我敢为人先、追求卓越,从小就要求我读、背《龙文鞭影》《幼学琼林》和"四书""五经"等古书,要求我练习书法,写大字、小楷。作为认真学习的奖励,他给我讲《西游记》《水浒传》。背书是每天要检查的

杨岐的父亲母亲

项目，读三遍、五遍，会了就到父亲面前去背，这完成得较好。书法练习不是每天都检查。我的哥哥姐姐认真练习，他们写的字接近了书法家的水平。我偷懒，一次写下好几天的，所以我写的字不太好。

母亲是一个纯粹的家庭妇女，勤劳、善良、聪慧。她出身商人家庭，仅仅上过私塾，但随父亲学了不少文化，是一个知书达理的贤妻良母。她负责我们四个孩子的饮食起居，把生活安排得井井有条。她很爱我们，我们也很爱她。很有意思的是，母亲在子女之间做到了绝对的平衡，四个人都以自己的特殊身份（长女、长子、幺女或幺儿）发自内心地感到"妈妈最爱我"！

母亲对子女的教育宽厚、宽容、慈爱。她要求我们为人正直、与人为善、助人为乐，教育我们当老实人、做老实事，相互帮助、不求回报。她常常讲："多做好事，好事做了好事在！""人与人就是要互相帮助，哪个人敢头顶免战牌——我万事不求人？"朴实无华的语言，教会我为人处世的哲理。当年邓颖超号召妇女勤俭持家，母亲积极响应，硬是把抽了几十年的水烟戒掉了，给大家做出很好的榜样。母亲德高望重，不论在世时还是去世后，亲友们对她的赞扬都溢于言表。

父母的言传身教无疑对我以后如何做人、如何做事、如何发展自己的事业起了重要的作用，对我建立起幸福、和谐的小家庭，培育出正直、敬业的子女也有很大的帮助。

杨岐与妻子、孩子

漫不经心的代价

那一年的春天，我5岁半了，去报考成都女子师范学校附属小学。因为有一点家庭学前教育的基础，我的考试成绩比较出色。小学的校长是父亲的学生，考试后她到家里来告诉父亲，按我的考试成绩可以读第三册（二年级上学期），但是年龄偏小，读第二册（一年级下学期）比较合适。于是我提前半年，从一年级下学期开始进入了小学。

三年后的12月，成都迎来了和平解放，学校让我们到闹市区盐市口列队欢迎解放军进城。小学的课程不算太紧张，上课听懂了，作业做起来也还顺利。学期期中有一次小考，期末有一次大考，大家对考试成绩似乎都不太在意，于是有"小考小耍、大考大耍"的说法。每到期末，学校要给各家发去成绩通知书，并且按总分排出名次。当时学生本人也好，家长也好，对名次一般都不计较、不攀比。我的成绩和名次可能也还说得过去，家里从来没有过问过。

但到了第八册（四年级下学期）出现问题了。当时有一门手工课，是在写字、图画的基础上训练动手能力。任课老师是校长的妹妹，一个脾气有点古怪的老太太，她自己擅长国画与书法，对学生也要求特别严格。那学期我们的期末考试是在一段竹板上刻字。课堂上老师发给每人一块写好"劳动光荣"四个大字的竹板，要求课下独立操作，五天后刻好上交。我很快雕刻完成，好像还刻得不错，漫不经心地把成品往那儿一放，就不管了。超过期限才想起来去上交，老师表情严肃，拒绝接收。最后，我的手工课没有成绩，需要补考。事情还没有结束。由于有一门功课需要补考，名次就排到了最后。而且校长带着成绩通知书到家里"告状"，声称本来可以排名全班第一，补考导致这样的结果。父亲狠狠地"收拾"了我。下一学期开学，我把早已刻好的竹板交上去，才算过关。这件事给我留下深刻的教训——对待学业与工作再不能漫不经心、拖拖沓沓，同时下决心找回那个失去的第一名。经过一学期的努力，结果只拿到个第二名。

老师的宽厚和包容

我小学毕业没有经过填写志愿和入学考试，就按地区分配到一所比较一般的中学读初中。三年以后升高中变成要凭考试成绩录取。我十分认真地做了准备，以优异的成绩考入重点中学——成都第四中学高中部。

进入高中的我一下子开窍了。一是很快改变了淘气、贪玩的状态，认真学习，提高成绩，梦想经过三年努力，考上理想的大学，将来做一名工程师、科学家；二是积极要求进步，马上向团支部递交申请书，要求加入共青团，意欲奠定良好的政治思想基础。

两个月后，我被团支部列为首批团员发展对象。1956年11月，一个风和日丽的日子，我班团支部在成都北郊昭觉寺召开团员大会，讨论我的入团问题。我被邀请列席会议。对于我加入共青团，会上没有什么反对意见，在一片欢迎和希望声中，大家一致同意吸纳我入团，上报后待校团委批准。散会后同学们开始了愉快的野炊活动。我的入团介绍人陪着还沉浸在兴奋中的我到寺庙去转转，突然看到柱上一副对联，记得上联为"杨岐灯盏明千古"，我不知所云，未敢吭声。介绍人说，是佛爷对你的祝贺吧。

1957年的下半年，反右派斗争的风暴刮到中学。高三学生被组织起来学习，开展大鸣、大放、大辩论。我们高二学生经过学校党支部动员，以写大字报的形式参加运动。多数同学根据上级动员的要求，针对一些老教师"不关心政治、不突出政治"的倾向和言行进行批评，并掀起"拔白旗"的高潮。我和两位同学感到班主任曹秀清老师近年来因结婚、怀孕、生子，对班主任的工作放手了、放松了，我们怕再影响到她所教的数学课。于是参考电影《马路天使》中《四季歌》的歌词，以大字报的方式写诗、作画，表示我们的担忧。曹老师是中共党员，大字报引起了各方关注，有人指出这有干扰斗争大方向之嫌。当时我对我们的作为是否在政治上偏离大方向并不太理解也不太在意，但是觉得感情上伤害了曹老师，这在我思想上形成了一个负担。曹老师发现后，主动找我谈话，没有批评和责怪，而是要我"放下包袱、开动机器"。后来在毕业时,她根据我高中三年的一贯表现,依然给我的操行成绩打了甲等,政治成绩给了满分。她就是这样心胸宽阔,对人宽厚、包容。这给我后来的升学注入了正能量。

在这以后,我真的"放下包袱、开动机器",除了完成学业,还积极投身班级的宣传工作。我主办的壁报总是全校最棒的,我编辑的油印小报《共产主义战报》也最为出色,帮助我所在的59级2班获得了荣誉。曹老师自然感到十分光彩。

高考

进入1959年,轰轰烈烈的政治运动稍有平息。我们在学校的组织下,准备7月的高考。其实,早在高一时我就有所考虑。除了认真搞好课堂学习,我还抓紧课外时间,购买课外参考资料补习功课。从高中的第一个寒假开始,我就与我班团支部书记、我的入团介绍人李果成结伴,在我家重点补习数理化,还设置了"战斗日志",两人轮流记录、总结补习成果,提出下一步的目标。补习活动坚持了两个假期,因1957年的反右派斗争和1958年的"大跃进"中断了。

还有半年就要高考了,我们又凑到一起。第一是商定报考的第一志愿:李果成选择清华大学工程物理系,我选择清华大学自动控制系;第二是应对高考的语文考试。我们自认为数理化还有一些基础,而语文考试变数

杨岐(左)与高中同学李果成(中)、张继尧(右)

较多，要认真准备。

7月初迎来全国统一高考，信心满满的我第一门数学考试就败下阵来。

数学的试卷有正反两面，正面是选择题、填空题，题目很多；反面是三道大题。但我只注意到正面，做完以后反复检查，确保完全正确，又等了好久考试才结束，我第一个交卷。走出教室与同学一交流，我这才傻了眼。反面三道题，每题16分，共48分；正面的题就算全部正确也仅可得52分。我反面三道题全漏掉了，将面临"数学不及格"的后果！这个打击真不小。有的同学出主意要我设法向招生委员会反映，老师则希望我先保持平静，考好下面的科目。

在后面的五门考试中，我再度"放下包袱、开动机器"，集中精力、全神贯注，每门都考出了好成绩。特别是语文，作文题被我猜中了，而且是我事先写过全文的"重中之重"。

尽管如此，数学不及格哪能考入重点理工科大学？更不敢妄想实现第一志愿了。在高考以后的毕业生思想工作座谈会上，我大谈"一个红心，两手准备"，重点是落榜后的打算，并计划在发放录取通知书的日子里，离开成都回避一段时间，最后回来收取一封不被录取的安慰信。

在发放录取通知书的第一天，我还没有来得及启程，意外的事发生了——邮递员给我送来一份沉甸甸的邮件。打开一看，是清华大学的录取通知书、贺信、入学报到须知等。反复核对后，我告诉了母亲，报告了学校。母亲称，这告慰了父亲在天之灵。老师同学为我高兴，当然也有同学戏称，说我的"一个红心，两手准备"是放烟幕弹啊。

另外一边，我的亲密伙伴李果成又有另一番遭遇。最后一学期，他因品学兼优被提名为留苏预备生。因此，1959年7月，他同时填报国内大学并参加全国高考。他的高考成绩显然在我之上（特别是数学）。但由于中苏关系破裂，苏联不再接受中国留学生，而到高校录取的最后一刻，他又未能实现清华大学工程物理系的第一志愿，也未能如愿到四川大学学习他热爱的原子科学技术。几经协调他被分配到重庆建筑工程学院卫生工程系给排水专业——当时并不被看好的学校与专业。

他认真在这个专业学习,毕业后被分配到二机部,后来从事潜艇核动力装置反应堆二回路的研究设计,与从事反应堆一回路研究设计的我又走到了一起,并牵线搭桥促成了我与他妹妹李润英美满的婚姻,这是后话了。

难以忘怀的大学生活

上大学是我走向生活、进入社会的第一步。我要离开家去独立生活,要到北方去领略严寒的冬季。母亲对小儿子的离开,既舍不得又不放心,千叮咛万嘱咐,教会我自己缝补衣服和袜子,用父亲的老羊皮袄为我改制御寒的皮猴儿,还亲自送我上去北京的火车。

我在填报高考志愿时,主导思想是,去哪个城市都行,最好是北京,就是不愿留在成都。然而一到学校,一看冷清的环境,一吃食堂的饭菜,就想家了。特别是为我送行的同学告诉我,那天我动身后妈妈声泪俱下追逐火车的情景,这更使我伤心不已,后悔为什么一定要离开家上大学。

我到北京后,在川的两个姐姐负责赡养妈妈,在京的哥哥负责照顾我,嫂嫂待我如同亲弟弟,这缓解了我对家和妈妈的思念。

然而没多长时间,繁重的学习、紧张的运动就把这点"儿女情长、革命志短"冲刷掉了。

进入清华大学,班上高手云集,我开始感觉到学习不那么轻松、成绩不那么拔尖了。我常常花费比别人更多的时间和精力完成作业、找寻参考资料,激励自己加倍努力,争得领先地位!

学校的课程设置科学、严格、合理。教学课、辅导课、实验课,课程设计、专题设计、毕业设计,既重视理论的提升,又注重实际能力的培训。清华大学作为"工程师的摇篮",的的确确为我们成为一名合格的工程师打下了良好的基础,给我留下了不少美好的回忆。

我的毕业设计"反应堆模拟装置"是研制一台"电子反应堆",输入一

影入平羌

杨岐在清华大学二校门　　　　　杨岐在清华大学大礼堂前

个反应性，通过求解反应堆动态方程，得到反应堆中子通量变化。要先完成论文，并在此基础之上，自己动手做出一台实体的装置。在辅导老师的指导下，经过精确计算、精细制作、精准调试，一台反应堆模拟装置诞生了。老师给了我全班的最高分——95分，并将该装置留校作为教学设备。

一张方框图

1965年大学毕业，我被分配到二机部北京194所，这个所专门从事反应堆的研究与设计。当年分来的毕业生有一百多人，没有下到具体的科室，直接编成四个中队，稍经培训就开赴宁夏，参加社会主义教育（"四清"）运动，直到1966年底返回北京。

1967年，因工作需要，我调入715所反应堆物理研究室，直接参与我国第一代核潜艇的研制工作，并被派往北京无线电一厂研制〇九工程急需的仪器设备。在这个避风港内，我与工人师傅紧密合作，排除万难、努力钻研，保证了研制任务顺利推进。

研制核潜艇是1958年毛泽东主席亲自批准的，命名为"〇九工程"。为了确保一次成功，中央军委决定，要在九〇九基地建设陆上模式堆，陆上模式堆达到满功率后，核潜艇才下水建造。

毛主席"核潜艇，一万年也要搞出来"的指示激励上上下下。为确保〇九工程及其陆上模式堆工程顺利进行，715所内一片繁忙，分头攻关。

反应堆物理研究室拟定了四种方法（脉冲源法、Po法、硼中毒法、逆动态法）来测定一个反应堆的重要参数——反应性，它关系到反应堆的启动、运行、停闭和安全。室领导组织了四个课题组攻关，目标是研制出仪器设备，用以在反应堆上测量反应性。

因为我在大学的毕业设计是研制求解反应堆动态方程的反应堆模拟装置，所以我被分在逆动态法课题组，进驻北京无线电一厂，合作研制一台基于逆动态技术的反应性仪。毕业设计的反应堆模拟装置是输入一个反应性，输出反应堆中子通量的变化；而工程中需要的反应性仪是输入探测到的反应堆中子通量变化，测量出引起这个变化的反应性。熟悉我情况的人认为，这对我应当是轻车熟路了。

然而问题并不这么简单。类似于一首诗顺念容易倒念困难，在模拟电路上，反应堆动态方程顺解容易，逆解就困难了。幸而组长陈雄月在前期工作中查到美国布鲁克海文国家实验室关于逆动态反应性仪的一张方框图，给出了反应性仪的总体框架。

这个框架具体实现起来困难重重，诸多问题需要攻关、解决。

课题组内学反应堆工程的同事们攻关解决反应堆物理方面的问题，北京无线电一厂的同志们攻关解决电子学的问题。我这个学反应堆控制的介于他们两者之间，在课题组内我的电子学最棒，在北京无线电一厂技

专注业务的杨岐

术人员面前我的反应堆物理最棒,这使我很好地起到了两者之间的桥梁、纽带作用和仪器系统总集成的作用。同时我也在工厂配合技术人员对关键设备(微电流放大器)进行攻关。这个阶段我尚能胜任工作,要归功于母校清华大学严格的训练、毕业设计的实践。我从工人、技术人员那里也学到很多东西,得到更多的锻炼和提高。

经过一年多的努力,我们终于将一张方框图变成一台仪器设备。设备样机在中国原子能研究院的反应堆上通过了实验考验,性能满足要求。随后,这台仪器定型出厂,命名为"FMJ-1型反应性测量模拟计算机"。

这次研制成功,让人们感受到"下定决心,不怕牺牲,排除万难,去争取胜利"的精神鼓舞,"团结一心,协同攻关"的威力,完成了向党的九大献礼的目标。1969年4月24日,党的九大闭幕之际,我离开北京奔赴四川夹江九〇九基地,开始新的征程,投入到第一代核潜艇陆上模式堆的设计、试验、建设中。

与彭士禄总工程师并肩战斗

九〇九基地是北京194所和715所合并而来,归属二机部,又称二机部第一研究设计院。

我到九〇九基地后,投入了紧张的工作。在18-5工号1∶1零功率反应堆,我一面开发、调试、考验反应性模拟机,一面利用它开展了大量物理实验。

在陆上模式堆启动之前,1∶1零功率反应堆重要的任务之一是将燃料组件装到和陆上模式堆一样的满装载,并且在这个堆上实现首次临界(亦称物理启动)。这是陆上模式堆达到临界的前奏,十分重要。

1970年2月25日下午,1∶1零功率反应堆首次临界实验在18-5工号开始。总工程师彭士禄、革委会负责人强全生到场监督和指导,国内知名反应堆物理专家陈雄月、臧明昌担任值班组长,亲自参与并指挥,并配备最强阵容的物理员和操纵员队伍,组织技术实力雄厚的两个小组负责完成反应性及中子通量的测量。我的任务是操纵反应性模拟机,在启动过程中测量各类反应性,最后测出停堆深度。

全体参试人员在背诵毛主席语录"下定决心,不怕牺牲,排除万难,去争取胜利"后,小心地开始物理启动。由于是新堆临界,又有彭总工程师在场,所有操作都进行得特别谨慎。彭总一直站在值班长、物理员身后,了解、分析启动的进展,并抽空向我们询问反应性模拟机等几台自主研发的仪器设备的情况,休息时与我们一起抽烟聊天,吃饭时与我们一起站在控制室外吃食堂送来的面条,丝毫没有领导、专家的架子。

然而实验的进展并不十分顺利,加上途中电磁阀线圈烧毁、检修更换等耽误了时间,2月26日深夜反应堆还未能达到临界,这已是我们熬的第二个夜了。记得彭士禄、强全生和我们都困乏不堪,加之香烟早已抽完,不由得鼻涕眼泪齐下。我在电磁阀检修的间歇抽空跑回宿舍取来储存的唯一一盒"朝阳桥"烟,大家打起精神继续战斗。到2月27日凌晨,经历36小时后,反应堆达到临界。

1∶1零功率反应堆达到临界,即完成物理启动,这是一个重要的节

杨岐(左)与彭士禄(右)在九〇九基地3号点旧居前

点，也是我第一次与彭总工程师并肩战斗并取得了胜利。

为了提高第一代核潜艇反应堆的安全性、有效性，彭总工程师亲自组织领导了降参数运行研究课题组，指定反应堆物理、热工、控制领域的技术人员开展工作，由物理、热工人员提供降参数方案，由控制人员对方案进行验证。

我的任务就是在计算机上模拟反应堆多种工况下降参数运行的结果，并验证、修改方案。与彭总一起工作，虽然时间不长，但收获颇丰，不仅是业务水平有了提高，更重要的是学习到他一丝不苟、严格认真、科学求实的品质。

彭总工程师是我国第一艘核潜艇的第一任总设计师，他精通核动力技术，带领我们设计建设了我国第一代核潜艇陆上模式堆，带领我们设计建造了我国第一艘核潜艇。随后他干了毕生的第二件大事——发展我国核电，并立下丰功伟绩，为保卫我国海疆安全、保障我国能源供给做出杰出贡献。我为曾经与他并肩战斗感到无比自豪，也为一代代核动力人以他为榜样，继往开来，在新时代取得一次次新的胜利感到欣慰和骄傲。

杨岐（左）与彭士禄（右）参加课题讨论

我不能排第一

由于参加了潜艇核动力装置陆上模式堆物理启动以及相关物理实验，反应性模拟机的出色表现为陆上模式堆的启动与运行做出了较大贡献，我相继获得部队的通令嘉奖和全国科学大会奖。

有了使用的经验和改进提高的需求，同时为了便于艇上使用，我们又研制了FMJ-2型和FMJ-3型反应性测量模拟计算机，并用于参加第一代潜艇核动力装置反应堆的启动和物理实验。

随着研究的深入和使用范围的扩大，新的问题发生了：在进行大反应性的测量时，中子探测器的空间位置不一样，对同一反应性的测量结果不一样，即出现了测量结果随探测器位置不同而变化的空间效应，这严重制约了逆动态法反应性测量的应用和推广。

1971年1月开始，我怀着一定要攀登高峰的梦想，带领何乾明、曹志琦组成课题小组，在零功率反应堆上安排专门的实验，研究反应性测量的空间效应。随后的几年里我们进行了艰苦的探索，获得了不少数据，观察到不少现象，但是没有发现空间效应的明显规律，没有取得克服空间效应的显著成效。

1975年，室领导派反应堆物理专业人员陶少平加入课题组，加强研究工作。我们一起对国外专利和非专利文献进行了广泛调研，了解到在那个年代，美、法、德、日、卢森堡等国反应堆领域都在研制反应性仪，以实现反应性动态跟踪和在线测量，但在仪器上都没有设计出任何用于消除空间效应的电路。空间效应严重阻碍了反应性仪的使用和发展，成为世界性难题，引起了各国的普遍重视。已有的解决办法均为离线的数据处理方法，而且需要配备大型计算机系统，不能直接应用到反应性仪上实现在线测量。

我们还一起在国内调研、走访，向原子能院、我院1所196物理室和3所等单位从事理论和实验研究的堆物理专家请教，他们的经验与见解给了我们很大的启发。

　　课题组满怀信心地刻苦钻研、不断实践，进行反应堆物理的理论分析、推断，逐步将研究工作带上正确的轨道。后来基于中子动力学理论，我们从基本物理模型入手，寻找产生空间效应的规律、机理和解决办法，在此基础上提出了消除空间效应的"ρ 值形状法"。这个方法的有效性在反应堆上经过长时间、反复的实验得到了初步验证。

　　1979 年 1 月，课题组决定应用克服空间效应的研究成果，正式开展可消除空间效应反应性仪的研制。在前期工作的基础上，堆物理专业人员主要进行理论分析、数学推导和消除空间效应原理的论证，仪器仪表专业的人员负责将消除空间效应的设想在电子线路中予以实现。

　　经过两个专业的共同努力，1980 年 4 月，FX-1 型可消除空间效应的反应性仪诞生了。

　　1983 年 3 月，该仪器通过核工业部技术鉴定，6 月，FX-1 型可消除空间效应的反应性仪正式申报国家发明奖。

　　申报时在排名问题上发生了分歧。我起草的申报书，肯定了反应堆物理理论工作的突出贡献和主导作用，主研人员排名陶少平第一，我第二。所领导及科技部门则认为，"从研究工作的时间长短、工作量多少、责任轻重看，排名第一的都应当是课题组组长杨岐"，还一再提醒我"国家发明奖的金质奖章只有一枚，第二是拿不到的"。同时又提醒我说："你以后只要提出异议，都会胜诉。"

　　在这项发明中，我们仪器仪表人员固然在利用电子线路实现消除空间效应设想上有发明与创新，但是反应堆物理在理论上的开创是关键和主导。对于发明奖，我建议的排名科学、求实，符合科技工作者的良知。"即

获国家发明奖的反应性仪

使是一吨重的金质奖章，不该我拿的我也绝对不要拿。"——这是我对所领导的回答。为了打消他们的疑虑，我写了情况说明，保证"永不翻案"。

1984年，FX-1型可消除空间效应的反应性仪获得国家发明奖三等奖。随后，院报《堆工之声》刊登了所党委副书记的一篇文章，文中写道："一个成果两个金奖，一个同志拿到物质上的金奖，另一个得到精神上的金奖。"

连升四级

从与北京无线电一厂联合研制"FMJ-1型反应性测量模拟计算机"到独立研制出FX-1型可消除空间效应的反应仪，历时14年。在这期间，由于政府机构调整和体制变化，我院的上级单位逐步由二机部变为核工业部、核工业总公司，1999年变为中国核工业集团公司，我院则一直是其下属的第一研究设计院（后来更名为中国核动力研究设计院）。

1984年，我被任命为反应堆在役检查室副主任，负责组织力量协同法国技术人员维修从法国进口的反应堆压力容器检查机。1985年，我院搬迁至成都，我参与选点征地工作。

反应性仪部级鉴定会

影入平羌

1986年，我调入设计部反应堆仪表与控制室任控制组组长，两年后升任室副主任。这里的工作与我大学所学专业完全对口，可以真正地学以致用。而在此之前，在北京无线电一厂的协作攻关工作提高了我的电子学水平，在反应堆物理室和反应堆在役检查室的工作为我深入认识控制对象——反应堆打下了坚实基础。我如鱼得水，利用室内大型计算机研究不同控制对象、多种控制方法；探索数字可编程调节器用于核潜艇反应堆的功率控制；组织并参加潜艇核动力装置和秦山二期核电站反应堆仪表与控制系统设计、先进型压水堆仪表控制系统预先研究；在国内率先研制出核电站数字化仿真系统；担任全国反应堆仪器标准化技术委员会主任委员，组织制订反应堆仪表与控制系统的国家标准和军用标准。

在反应堆仪表与控制室工作的六七年，是我进步最快、成果最丰的时期，我学习吸取了不少老同志的经验与成就，调研了大量国内外的资料，进行了多种实践，承担了若干重大攻关课题，经历了国内的交流和国际合作，获得不少高质量的奖项，培育出一批年轻的工程技术骨干，从而逐步奠

组织完成反应堆压力容器检查机维修后与臧明昌所长、法国技术人员等合影。左二为杨岐

定了我成为我国反应堆仪表控制领域学科带头人的基础。成为一个合格的工程师、科学家，这是我从小的梦想，我实现了我的梦想。

对启堆核测量装置进行抗冲击实验。左一为杨岐

20世纪80年代末，我国第一代核潜艇反应堆启堆核测量系统出现几个数量级的测量盲区，面临重大安全隐患。核潜艇基地领导十分担心，称"犹如坐在火山口上"。我们及时组织核测量小组攻关，按要求编制技术规格书，委托生产厂家研制一次仪表——灵敏度更高的硼中子计数管，自主研发二次仪表——坎贝尔仪、宽量程仪等。我参与了后期第一、二次仪表集成测量系统的工作，并一起在反应堆上调试、实验，然后带队去潜艇基地，更换、安装新的启堆核测量系统。新系统以它的灵敏、稳定，成功克服盲区，安全启动反应堆，一炮打响。

我连夜帮助课题组组长魏昌武准备材料，让他亲自及时向核潜艇基地领导汇报，得到上下一片赞许，称"核一院又回来了"，并立即决定向我院订购多套新的启堆核测量系统。这一次成功，为保障反应堆的安全运行、提高核潜艇的战斗力做出了贡献，同时恢复和改善了我院与基地的关系，为我院获得可观的经济收入，可谓社会效益和经济效益双丰收。

回到院里，正值院科技大会召开前夕，要听取汇报，选拔优秀项目。有关方面预选了启堆核测量系统。汇报工作本应由课题组亲自完成，但课题组组长及主要成员因事或因病不能出席，只得由我上场。结果当时的领导不仅看好这个项目，而且"发现"了我这个人。我进入了院领导班子后备人选的行列。

紧接着，院党政领导多次动员我出任负责民品或基建的副院长。我实在不愿离开我所热爱的技术岗位，都婉言谢绝了。拖了两年，直到1992年，时任院长钱积惠赴维也纳担任国际原子能机构副总干事前，他和院党委把我拉上院长助理的位置，半年后提拔我为中国核动力研究设计院副院长。这年我由副科到副院连升四级，我真心地认为，是同志们的成绩造就了我的提拔。组织部门的领导却说："在科研成绩与科研道德并重、既重能力更重人品的氛围中，你是名副其实、当之无愧的。"

新老里程碑

1997年，中国核工业总公司任命我为中国核动力研究设计院院长。我作为党外人士受到高度的信任和重用，这彰显了中国共产党的宽广胸怀和非凡魄力！这让我深受感动，充满感恩。我一直倍加努力，以期报答党、国家和人民。

我在院长岗位上任职的7年期间，与全院职工共同奋斗完成了三大工程（第二代潜艇核动力装置、秦山二期核电站、西安脉冲反应堆）、两大预研（新型潜艇核动力装置预先研究、先进压水堆核电站预先研究）、三大技改，探索和开展了大型核动力船舶前期工作。全院职工的贡献扬了国威、壮了军威，并且增强了中国核动力研究设计院的实力，提升了中国核动力研究设计院的地位，为把中国核动力研究设计院建设成国际一流院所奠定了基础。

在我院的历史上，经全院职工的努力，树立起了三座老里程碑。

第一座里程碑，是20世纪70年代初建成的第一代核潜艇陆上模式堆。从20世纪60年代初开始，我院自力更生设计建造了第一代核潜艇陆上模式堆，走完了研究、设计、制造、调试、运行、维修、换料直到退役的全过程，为设计建造潜艇核动力装置提供了整套实验数据，积累了丰富的经验，并据此设计研制了第一代核潜艇。

第二座里程碑，是20世纪80年代初建成的高通量工程试验堆。它由我院自行设计，经过20世纪70年代的努力而建成，1980年按预定参数投入高功率运行，设计功率为12.5万千瓦，其中子通量居亚洲第一、世界第三，主要用于燃料元件和材料辐照考验、高比度同位素生产和反应堆物理实验等。这座试验堆的建成标志着我国原子能事业发展进入一个新阶段。

高通量工程试验堆

第三座里程碑，是20世纪90年代初建成的原型脉冲反应堆。它主要用于研究工作、生产短寿命同位素、中子照相、活化分析和治疗癌症等。我院经过十余年的拼搏，攻克大量技术难关，于1990年将其建成，从而打破美国的独家垄断，使我国成为世界上第二个掌握脉冲堆技术的国家。

在任副院长、院长期间，我带领全院职工完成的三大工程，被人们誉为三座新里程碑。

三大工程之一，第二代潜艇核动力装置，是一项跨世纪的工程，我任第一责任人，与主管副院长卜永熙一起承担组织领导工作。我们运用了预先研究的成果，获得明显成效。

2004年我刚离开院长岗位，与继任院长赵华交接期间，正值反应堆物理启动。我们新老两个第一责任人都赶赴现场，提心吊胆地参加启动全过程。结果反应堆物理启动一次成功。

三大工程之二，秦山二期核电站，将在下节详细介绍。

三大工程之三，是设计建造新的脉冲反应堆。这是我院在首座原型脉冲堆的基础上，根据用户的应用要求设计建造的，由我院阮桂兴担任总设计师进行研发。它具有固有安全性高、用途广泛、结构简单及运行维护方便等特点，与美国同类堆相比不仅能全面达到其性能指标，而且不少方面还有所突破和改善。除原型堆的功能以外，它还可以利用其脉冲运行的特性，承担一般反应堆不能承担的工作，如抗核加固技术研究。工程于1996年底开工建设，2001年初完成带核调试各项工作后，反应堆投入运行及实验应用。

"照虎画猫"

三大工程之二，是秦山二期60万千瓦核电站反应堆和主冷却剂系统的研究设计。这项任务是我院以优异成绩中标获得的。投标获胜的主要原因，是我院具备军民结合的优势，做军用核动力起家，自力更生建起了潜艇核动力装置，具备自主创新的实力。

我们十分珍惜这次机会，认认真真全面抓好设计工作和实验研究工作。除军民结合的优势以外，设计与实验研究结合是我院的另一大优势。我们依靠实验研究为设计提供经验证的设计输入参数，优化设计；利用实验研究来验证设计结果的正确性；还以实验研究对研制出的设备进行考验。军民结合、设计与实验研究结合，都是另外的设计院做不到的。

实现核电站的自主设计建造，是我的核动力梦的主要部分之一。担任院长以后，我与主管副院长张森如一起主持了秦山二期核电站反应堆及其主冷却剂系统的研究设计和安装调试工作。整个设计是引进技术、消化吸收再创新的过程。遵循"以我为主、中外结合"的方针，核电站的指标、要求由我们自主决定，设计工作"以我为主"进行。在对外合作上采取三种方式：以大亚湾核电站作为参考，引进大亚湾核电站的技术资料，对设计中的疑难问题咨询法国专家。

与张森如（右）在核电站现场

2001年12月28日秦山二期核电站1号机组反应堆首次达到临界，2002年4月投入商业运行。1号机组的运行情况良好，连续安全运行300多天，2004年的负荷因子达到82%，超过设计值（65%）；输出电功率67万千瓦，超过设计值（60万千瓦）。

调试和安全运行的业绩表明，设计是成功的，各项指标达到或优于设计值。主要技术参数的实测值与设计中的理论计算值高度符合，精度达到国际先进水平。

我们设计成功了，1号、2号机组运行情况良好。同时我们还研制出一些关键设备，国产化率达到55%。这时候还有不支持核电国产化的人士站出来指手画脚，贬低秦山二期核电站的设计与建造："秦山二期只不过是'照猫画虎'。"在一次会议上我反驳道："说'照猫画虎'对我们是过奖了，我们是把90万千瓦改成60万千瓦，要说照抄也只是'照虎画猫'，或是'照大猫画小猫'。事实上哪里是照抄呢！"接着做了如下陈述：

我们所参考的大亚湾核电站是三个环路，90万千瓦，而设计的秦山二期核电站是两个环路，60万千瓦。三环路变两环路的设计，显然比直接照抄三环路难度大，既需要自主创新也需要考虑改进与提高。变动的设计主要有反应堆堆芯设计、反应堆压力容器设计、冷却剂系统设计、堆内构件设计、反应堆仪表与控制系统设计，因而基本上是全新的反应堆设计、全新的环路布置设计和不同的反应堆主设备设计。

少了一条环路，我们为秦山二期核电站反应堆进行了大量科研与实验验证，还研制了反应堆保护系统等关键设备工程样机。

对于秦山二期核电站，中国核电信息网称："如果说秦山一期30万千瓦核电工程解决了我国无核电的问题，那么秦山二期60万千瓦核电工程实现了我国自主设计建设大型商用核电站的重大跨越，为自主设计建造百万千瓦级核电站创造了条件，成为我国核电自主化建设的一个重要的里程碑。"在这以后，我院承担了全部国内二代改进型核电站核蒸汽供应系统的设计任务。

秦山核电二期工程1号反应堆安全壳封顶，与赵成昆（中）、卜永熙（右）合影

在秦山核电二期工程国家竣工验收暨扩建工程开工仪式上

祝福与梦想

我从 1993 年至 2008 年担任第八至十届四川省人民代表大会常委会委员。在四川省人大的 15 年里，我除任省人大常委外，还被聘任为四川省人大城乡建设与环境资源委员会委员。尽管职务工作繁忙，我还是挤出时间认真工作，关注了科学技术发展、环境资源保护、民族宗教、教育与医疗等涉及社会经济发展和国计民生的问题。然而重点还是结合我的专业，在四川发展核电与核电装备制造产业方面做了大量工作。

2003 年 3 月，我当选为第十届全国政协常委，并连任两届。这 10 年里，我跟着无党派人士和人口资源环境委员会，足迹遍布大江南北，为生态保护、污染防治、节能减排、边民生活、民族地区文化与教育、中小企业发展、养老服务业振兴等奔走调研，但是更多关注的还是核电的发展。

在发展我国核电事业上，我算是自主化派，有几个明确的观点。

1. 核电是我国解决能源短缺、改善能源结构、保护生态环境、保证经济持续发展的必然选择，同时也是和平时期保持核威慑力量、巩固核大国地位

"战略必争"的重要领域。所以必须发展核电。

2. 我国核电必须走自主发展、自主创新的道路。避免政治风险和技术上受制于人、经济上资金外流。引进国外先进技术也很必要，但一定要符合"以我为主、中外结合"的原则。

3. 发展核电必须坚持"军民结合、寓军于民"的方针。不能以体制改革、机制创新和走市场化道路为由，改变"军民结合、寓军于民"的方向。而要在核电站设计建造中，在重大专项的攻关研发中，搭建起一个技术互通、资源共享、交流及时的军民互动平台，既促进民用核电事业的发展，也促进军用核动力技术水平的提高。

政协给我提供了一个很好的平台，在这个平台上能够更广泛地展示这些观点，能够向中央领导及政府主管部门更深入地面对面交换意见、建言献策。这对于促进核电安全、健康发展十分有利。我利用全国政协这个平台，为我国核电发展做了不少较有影响的事情。

其中，2007年3月，在全国政协联组会上，我做了题为《对我国核电发展的几点建议》的汇报，对于2006年底政府正式决定采购美国AP1000并计划将它作为我国核电批量化、系列化的主力机型，我提出，为规避风险、按

与袁隆平委员（右）一起出席全国政协委员会

赴四川铀矿矿井考察

时完成《核电中长期发展规划》要求，建议再安排建设一批国产"二代加改进"核电站，确保实现 4000 万千瓦目标。这个建议当场得到政治局常委的明确回应，并最终被接受。这对于我国核电发展做出合理决策，起到了相当的促进作用。

2013 年 3 月，我不再担任全国政协委员，9 月退休离开科研一线，但我的心始终与国家命运、核动力事业紧紧连在一起。在我的梦想之中，最牵动我的是核动力梦：实现我国核电站的自主设计、自主建造，实现我国新一代潜艇核动力装置设计建造和更新换代，为核动力大型船舶做好前期工作。

2014 年 8 月，我 73 岁生日之际，收到了来自领导、同事、老友、亲人们的祝福。时任中央统战部副部长陈喜庆亲自撰写贺词，对我的技术业务和科研工作、我在核动力院领导岗位上的行政工作、我作为政协委员所做的工作都做了高度评价，这对我来说是崇高的荣誉。

时光流逝，我的核动力梦到今天已经基本圆满。老骥伏枥，志在千里。我将保重身体，健康愉快地生活，继续为我国核动力事业、我国经济社会的发展做出应有的贡献。如果有需要，我将"召之即来，来之能战"，争取"战之必胜"，为祖国献上我的全部余热。

从核潜艇设计到核科技与信息研究
——记为我国核事业奉献终生的核动力与核信息专家齐植槺

文 | 王中秀

齐植槺

| 科学家简介 |

齐植榘（1941—2008），北京人。1959年至1965年在清华大学工程物理系核反应堆工程专业学习。1965年分配到715所工作。1969年调至九〇九基地。1980年调入中国核科技情报研究所，任研究员。2008年逝世。

齐植榘参加编写的《汉语主题词表》获1985年国家科学技术进步奖二等奖，作为主要参编者编写的《中国INIS系统的研究与建设》获1992年全国科技成果奖二等奖。其他课题多次获得国防科工委、核工业总公司科学技术进步奖二等奖和三等奖。

书香门第 良好家教

1941年1月11日，齐植棣在北平出生。父亲齐永康是京城知名教育家，母亲桂继淑是一名特级教师。

父母都是著名平民教育家熊希龄先生创办的香山慈幼院第一班的学生。1926年，他们都因成绩优异，由香山慈幼院资助考入大学，父亲考入燕京大学教育系，母亲考入辅仁大学教育系。父亲大学毕业后，又考入北平师范大学研究生院继续深造，取得硕士学位后，先后在北平师范大学、燕京大学、北京大学、辅仁大学等学校任教，教授教育学、哲学心理学等。1943年后，齐永康先后任北京师范学校校长、北京师范专科学校校长。1990年离休。

齐永康热爱祖国、热爱教育，学识渊博、治学严谨，培养出一批又一批高质量的毕业生，其中大部分成为中小学骨干教师，不少学生还走上了学校及各级教育行政部门的领导岗位。齐永康廉洁奉公、德高望重，身居斗室，一生清贫，从1947年起全家一直租住在北平北新桥三条胡同里一处30多平方米的平房。2000年，齐永康在小平房里安然离世，享年94岁。学校曾经分配给他一套四居室楼房，他不要；要派小车接送他上下班，并给小平房安装电话，他都拒绝了。领导干部应有的很多福利待遇，他都不要。他只将毕生精力无私奉献给了祖国的教育事业。

父亲的高尚品质、言传身教，给齐植棣的一生带来了深刻的影响。在这样良好的家庭环境中，齐植棣健康快乐、无忧无虑地成长。他天生聪慧、勤奋好学，对各种知识都充满了浓厚的兴趣。他酷爱读书，渴望从书海中获得更多的知识。

齐植棣凭借自身的聪明才智，考上了京城最好的小学、中学和大学，接受了最好的教育，为日后的工作打下了扎实的基础。

齐植棣（右三）与同年考入清华大学的小学同学邀请班主任在清华校园聚会

他小学就读的北师大附小师资力量很强，同班同学考上清华大学的就有七八位。几十年后，考入清华的几位同学还特别邀请班主任去清华聚会。

考入清华大学工程物理系

齐植棣初中毕业时，成绩在全校名列前茅，学校保送他进本校高中，但他一心想上心仪的高中——北京四中，所以谢绝了母校的保送，参加中考，最终如愿以偿，考上了北京四中。当时的北京四中不仅在北京，在全国都是最好的中学之一。他在四中度过了3年愉快的高中学习生活。他爱好数理化，也爱好文学、历史、音乐、体育，德智体全面发展，各门功课成绩都十分优秀。

1959年即将参加高考的他，为报什么专业犯了愁，学文、学理、学工、学医？他犹豫不决。这时，班主任老师对他说："咱们国家正在搞尖端科技，你去学尖端科技吧。"于是，他报考了清华大学工程物理系核反应堆工程专业，从此与核事业结下了一生的情缘。

齐植棣对母校四中感情深厚。他曾骄傲地说，我们年级考上清华的就有54位同学，这在中学里是独一无二的。几十年来，他满怀着感激之情，一直与四中校友会、与同学们保持着联系。

齐植棣（后排右二）与同学在清华校园内合影

接到清华大学录取通知书的时候，齐植棣欣喜若狂。他妹妹说，哥哥高兴得恨不得将通知书贴到脑门上。父亲对他提出了殷切的希望，其中有一条就是要学好英语。因为与苏联的关系，当时几乎所有的学校开的全是俄语课，开英语课的学校极少，他在四中就学过英语。事实证明，父亲的叮嘱是很有远见的。在后来的工作中，齐植棣熟练的英文阅读和翻译能力，在从事尖端科研工作中起到了至关重要的作用。

齐植棣怀着喜悦幸福的心情，走进了美丽的清华园。他十分珍惜这宝贵的学习机会，认真聆听每一节课。他有着超强的记忆力，听过的课都能牢牢地记在脑海里，看过的书和资料过目不忘。学校最吸引他的就是图书馆，每天除了教室、宿舍、食堂，他待的时间最长的就是图书馆。他对书爱不释手，如饥似渴地阅读学习。他还特别喜欢听音乐和唱歌，参加了清华大学合唱团，担任高音部部长，这使他的大学课余生活更加丰富多彩。同学们说他的脸上总是洋溢着发自内心的微笑。

影入平羌

首都图书馆情缘

齐植棣的家在北新桥雍和宫南侧的王大人胡同（北新桥三条），胡同的斜对面就是著名的国子监胡同，首都图书馆就在国子监里。齐植棣从上中学起，节假日和寒暑假每天必去图书馆。考上清华大学后，只要回家，除了在家吃三顿饭，其他时间他依然去首都图书馆，风雨无阻。

1962年除夕那天下午，刚刚下过大雪，我第一次走进了国子监胡同。胡同口竖立着漂亮的古牌楼，白雪映照着路边的大树和红墙，很美，胡同的中间路北就是国子监。这是始建于元代的元、明、清三朝皇家祭祀孔子的场所和最高学府兼管理教育的行政机关。威严的大门很气派。四合大院建筑宏伟，红墙绿瓦。向北走，中间就是辟雍，圆形，围以水池，前门外有便桥。这是作为尊儒学、行典礼的场所。辟雍的后面就是首都图书馆的阅读大厅。大

王中秀在原首都图书馆阅读大厅前

厅高大宽敞，摆放着数张宽大的木质阅读桌。不少人坐在那里看书写作，格外安静。走进大门，人不由自主地静下心来，这是多么适合复习功课的好地方呀！我一下子喜欢上了这儿。

当年，我是北京女十四中的高三毕业生。1959 年，我在北京女十四中以全 5 分的成绩初中毕业，被保送到本校高中。进入高中时，碰上困难时期，吃不饱饭。由于长期的营养不良，我患上了严重的神经衰弱，整夜睡不着觉，原本灵活的大脑变得麻木迟钝，高中三年几乎处于休学状态。还有几个月就要高考了，我很想找个安静的地方补习一下功课，于是在除夕的下午来到了首都图书馆。

走进阅读大厅，我几乎屏住了呼吸，找了一个座位坐下，拿出书本复习功课。不久，我发现坐在对面的是一位面目黑瘦、书生气十足、衣着单薄的男生。显然，他也注意到我这个陌生的、新来的瘦弱女生。真没想到，这次相遇，竟注定了我们一生的姻缘。

7 月 20 日，我拖着瘦弱的身体，勉强参加了高考，想学数学的我数学题答得一塌糊涂，最后以化学满分的成绩考取了北京轻工业学院化工系。周日，我仍然经常去首都图书馆复习功课、做作业，每次都能遇到齐植棣。我们逐渐相识、相知、相恋。那里成了我们共同的家。工作以后，休假回到北京，我们必去首都图书馆，看看我们一起读书的地方，感到无比亲切，好像又回到了那青春美好的学生时代。首都图书馆，是我们永远割舍不掉的情结。

为宏伟事业奔赴三线

1965 年 7 月，齐植棣从清华大学毕业，被分配到 715 所，即当时的核潜艇动力研究所，办公地点在北京阜成门外马神庙 1 号。

1965 年，正值中国核潜艇二次上马，一场十年之久的核潜艇大会战再次在中国大地上展开（核潜艇工程代号为○九）。715 所的老同志们干劲十足，争

影入平羌

分夺秒地投入这场大会战中。办公室内战斗气息浓厚,晚间仍灯火通明。老同志们早进晚出,活跃的学术气氛、严谨的工作作风,深深地感染了齐植棣。他跟随老同志们刻苦学习,努力工作,争取早日成为一名合格的〇九战士。

齐植棣牢记清华大学"自强不息,厚德载物"的校训,发扬"严谨、勤奋、求实、创新"的学风,凭借扎实的专业理论知识和肯于钻研、乐于奉献的精神,投入一系列军用核反应堆的设计中,从事了核潜艇陆上模式堆(196堆)和第一艘核潜艇用堆(195堆)的热工设计计算工作,参加了新堆型09-4堆的设计工作,等等。

1968年8月31日,我也完成了学业。按照毛主席的指示,大学生毕业分配要"四个面向",面向农村、边疆,面向基层和工厂,接受再教育。负责毕业分配的工人宣传队考虑到我与齐植棣的关系,照顾我,将我分配到离北京较近的山西省阳泉市革命委员会。

9月1日,我与齐植棣在北新桥街道登记结婚。当天,两家人一起在齐家吃了顿便饭,没有婚礼,没有婚纱照。齐植棣的同组同事派了一位代表,下班后到齐家送了毛主席石膏像和诗词表示祝贺。天黑后,我班的十几位同学从位于白堆子的学校赶到齐家祝贺。当时没有什么好的东西招待他们,觉得很对不起他们,至今仍感到遗憾!大家热闹了一番,给结婚日增加了喜气。第二天亲爱的同学们便陆续离京,奔赴祖国的四面八方。

结婚10天后,我告别了家人和齐植棣,一个人带着简单的行李,坐了一夜8小时的慢火车,到了陌生

齐植棣与王中秀的结婚照

的阳泉。当地已做好了接人准备,立即叫来位于大寨脚下的小水泥厂的两位负责人用自行车把我送到了厂里。我在一线参加重体力劳动,粮食定量48斤,是劳力工的标准。从此,我与工人们打成一片,还被评为厂先进工作者。

1965年,中央决定在三线建设战略大后方,核潜艇陆上模式堆和核动力研究设计基地定点在四川西南山区,代号为九〇九基地。1969年下半年,九〇九基地主体工程基本完工,开始进入设备安装和调试阶段。在这个关键时刻,需要大量的科研人员和运行操作人员。为此,上级决定,将已归海军领导的715所迁往九〇九基地。命令下达后,仅短短的10天,800余名科技人员和家属放弃了北京的生活和工作,无条件地离开北京。1969年9月3日,大家带着简易的行装,由海军派出的若干辆大卡车拉到西直门火车站,乘上军用专列,4天日夜兼程,直奔大西南的九〇九基地。

出征!战友写道:"一声汽笛长鸣,壮士出征西行。今日众志成城,明日蛟龙入海。"

出发前,齐植棣(后排左四)和家人在西直门火车站合影

影入平羌

　　齐植棣离京时，两家人到西直门火车站送行。我大哥特意请朋友带着相机，给大家拍了一张合影。送行的有齐植棣的父亲、二姐、二姐夫、弟弟和两个妹妹，我的大哥、二哥、小妹和表妹也去给他送行，表明了家人对齐植棣的支持。

　　核潜艇第一任总设计师彭士禄的夫人马淑英当时正在北京化工学院任教，她患有先天性心脏病，为了〇九工程放弃了自己的事业，放弃了北京的生活，跟大家一样拖儿带女去到了四川。

　　从此，齐植棣在四川，我在山西，双方家人在北京，我们只有在春节探

1969年北京至成都的715所搬迁军用专列

715所的孩子回忆搬迁场景的漫画

亲假时，在北京团聚。

大批人马到达九〇九基地后，立即投入热火朝天的模式堆设备安装、调试和启堆试验中。沉睡了千年的寂静山谷被这批外来者闯入，沸腾了！隐蔽的山寨中开始了一场轰轰烈烈的科技攻关大会战。

毛主席早在1959年10月就发出了"核潜艇，一万年也要搞出来"的气壮山河的伟大号召，参与核潜艇研制的各级各类人员以此为激励，怀着加强国防、为祖国争光的强烈愿望，从祖国的四面八方来到九〇九基地，为了一个共同的目标走到了一起。

同事王天锡写下了七绝："一颗红心下四川，无须领袖等万年。自主成就核动力，潜龙入海壮国威。"

九〇九基地四面环山，林木密集，地势隐蔽。夏天湿热，蚊虫肆虐，常有蜈蚣、蛇鼠出没。那里有一种小飞虫叫小咬（学名蠓），比蚊子小，但咬人厉害，很难抓到。齐植棣刚到九〇九基地两个月，就被小咬咬得全身过敏，从头到脚长满了包块，流黄水，奇痒无比。当时〇九任务很重，为了坚持工作，他努力克服身体不适，靠服用激素药和擦激素药膏止痒，不但没有影响工作，而且完成了大量的调研计算任务。他凭借从小学习英语的优势和扎实的专业知识，查阅翻译了大量的英文资料。他的翻译之快速和准确，常

九〇九基地空心砖搭建的简易宿舍楼，后面的茅草棚是旱厕

常令同事们惊叹不已！在当时大多数同事不懂英语的情况下，他优秀的英文翻译能力对同事及时了解国外的相关科研动态、保证设计任务的顺利完成起到了很重要的作用。

齐植棣曾经住过的九〇九基地2号点平坝单身宿舍

他在身体奇痒不适的情况下，还要经常乘长途火车往返于基地与北京之间，到北京中科院计算机所上机算题。上机的时间要事先预约，有时排到夜间。他经常清晨抱着大卷的计算纸返回，很辛苦，但保证了196堆、195堆的热工计算设计任务顺利完成。

他与另外四位同志组成了"196堆运行分析"课题组，承担了为196堆开堆提供参考数据的任务，对各种工况两百余套方案进行了计算，并进行了认真的分析评估，为196堆开堆提供了可靠的依据，确保了196堆开堆一次成功。

1971年，我结束了再教育，调入九〇九基地，成为成字137部队的一名战士，成了光荣的〇九人。所里分配给我们四合院的一间平房，大约有12平方

齐植棣在九〇九基地与热工组同事合影。左起：裘怿春、郭丰守、齐植棣、周继财、黄士鉴、沈抗

米，配给了一张大床、一张小桌、两把小木凳。结婚3年多，我们终于在一

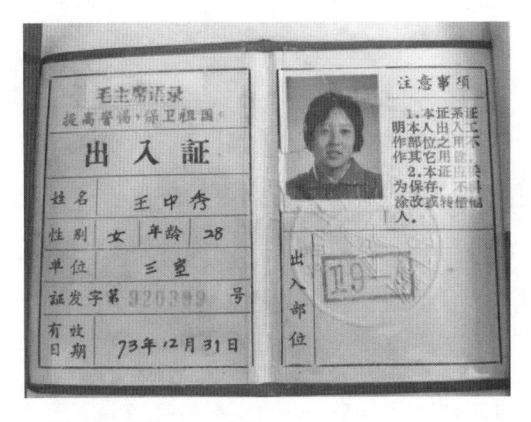

成字137部队的出入证

起有了自己的家，虽然简陋，但很温馨，我们很高兴。

所谓"四合院"，就是在3号点一块比较平坦的地面上，盖起了一个长方形的大院子。两边各盖16间房，面对面，中间大概有40平方米的空地，有水管、水池，供洗菜洗衣用。院子两头一边是几间平房，另一边是一栋简易的两层楼。房子都是用空心砖盖的，简陋透风。厕所是公用的旱厕，在四合院的两头。

我被分配到离四合院不远的三室15号实验室。15号实验室建在一个小丘陵上，上面是办公室，下面是大的实验室。办公室的房子是用红砖和水泥砌的，质量比宿舍好多了，像个"大别墅"。核潜艇第三任总设计师张金麟原来就是15号实验室的号长。我很喜欢15号实验室，热爱我的工作。

九〇九基地的建设一切都是围绕革命开展的。先工程，再生活，但大家甘献丹心，从不言苦，满腔热血，将青春和生命融入核潜艇事业中。

九〇九基地用空心砖盖的住房 　　　　九〇九基地2号点15号实验室

我们的生活充满阳光

在紧张工作之余,四合院是个休闲的港湾。每天下班后院子里就热闹起来,大家忙着生火洗菜做饭。当时做饭用的是一个烧蜂窝煤的小炉子,每天要封好。有时下班发现炉子灭了,无法做饭,只能向周围的邻居要一块烧红的煤点燃自己的火炉。这样就会耽误人家做饭,但这是常有的事,大家都会互相帮忙。

做好了饭,大家在自家门口摆上小桌小凳吃起来,一边吃一边与邻居聊天,院子里充满了饭菜香。一到周日更热闹,许多人一大清早就背着背篓去赶集,有的买了鸡鸭,有的买了鱼,一会儿院子里开始杀鸡杀鸭宰鱼,一片忙碌。

四合院里住的大都是年轻大学毕业生,他们不仅专业肯干,回家还是好厨师,尤其是江浙一带的人。但我家的齐植棣是个书呆子,不会做饭。虽然我也没做过饭,但小时候常看母亲做饭也略会

九〇九基地几乎家家都有的背篓,休息日赶集买菜、买肉、买粮、买油都用它背,还可以背孩子

一二,只好承担了做一日三餐的任务。齐植棣吃饭要求不高,不吃鸡鸭牛羊,只吃瘦猪肉和鱼,所以我家做饭比较简单。

四合院每间平房的后面有个窗户,窗外有一小块平地,大家叫它自留地。大多数人家都种些蔬菜,如小白菜、四季豆、西红柿、茄子等。四川真是个天府之国,撒上种子就能结果实,很喜人!勤快的人就种得多一些,这也是工作之余的一个乐趣。

养鸡也是四合院人的一大乐趣。大多数人家门边都搭了鸡窝,只用几块砖就行了。早上起来,先把挡窝的一块砖拿开,撒一把玉米,鸡就跑出来,一天不用管。下蛋时它们自己知道回来,天黑才进窝,从不走错家

门，真有意思。我们在城市长大的人感到很新奇，鸡成了家家的宠物。女儿来了以后，齐植棣特意去赶集，买了一只漂亮的芦花鸡，没几天它就下蛋了。我们让女儿自己去捡鸡蛋，这成了她一天里最开心的事儿。

四合院虽然很简陋，像个贫民窟，但生活在那里的同事们很乐观，院子里总是充满着欢声笑语，喜气洋洋。下班后，住在别处的一些人常带着小孩来串门。〇九人当年的精神面貌整体就是无私奉献、乐观向上，我们的生活充满阳光！

2023年，在中央广播电视总台热播的电视剧《许你万家灯火》中，有不少九〇九基地的场景，有山有江有桥头，有办公室、实验室、宿舍楼，还有核潜艇陆上模式堆达到满功率运行时的欢乐场景。看到那些熟悉的景象，我感到十分亲切、万分激动！几十年了，多么想再去看看呀！电视剧中反复出现二层宿舍楼，楼道在外面，公用厕所在楼道的中间，在当时是基地最好的宿舍楼，只有人口多的人家才能住上。住在四合院的我们很羡慕能住上这种楼的同事，比住平房干净多了，起码有厕所。虽然公用，但刮风下雨不用往外跑了。

九〇九基地方圆几十里，没有围墙，周围的四川老乡每天都带着新鲜的农产品到办公室附近卖。我们一年四季吃的都是新鲜的水果、蔬菜、鱼、蛋，而且很便宜。活的鳝鱼，四角钱一斤，老乡当着面杀好。许多南方出生的同事都喜欢买，但我们不敢吃。每年甘蔗、橘子成熟的时候，老乡挑着来卖，还送到家。很好吃的橘子才两角两分一斤。秋天油菜籽成熟的时候，刚榨好的菜籽油很香，只要四斤粮票就可以换一斤，不要钱。晚稻米成熟的时候，老乡用新米换我们在粮店买的糙米，一斤换一斤。老乡说糙米出饭，省粮食。我们吃的都是香喷喷软糯的米，按现在的说法，那是绿色有机食品，这正是现代人追求的生活啊！

夏天，九〇九基地经常是夜间下雨，白天晴。大晴天的时候，会有蛇出没。有一天中午，我下班往家走，看到一条花蛇在草上飞蹿，应该叫"草上飞"。胆大的男同事看到了，拼命地追，竟抓到了这条蛇。住在我家右手边的邻居——7室的老张,可能是农村长大的,是个抓蛇能手,他将蛇剥了皮,把皮挂在家门口晒。皮上的花纹是很规则的六角形,像印花布,颜色很鲜艳。我最怕蛇,不敢正眼看。老张把蛇肉放在砂锅里,在家门口炖上,整个四合院充满了炖蛇的香味,比炖鸡的味儿香多了。有的人就会拿个小碗找他要点儿汤,说是给小孩子喝了不长湿疹。

最可怕的是蜈蚣,常在我们的住房里出没。蚊子挂个蚊帐就行,蜈蚣不可防。有一天早上上班前,与齐植棣同组的上海交大毕业生黄士鉴(后升为基地总工程师)穿鞋时被藏在鞋里的蜈蚣咬着了,疼痛难忍,腿脚立刻肿了起来,马上去医院抢救,非常痛苦。

有一天,我在门口做饭,听到女儿在屋里叫我:"妈妈,这是什么呀?"我赶忙进屋一看,地上放着的大铝盆里有条大蜈蚣在爬,女儿正蹲在旁边拿钢笔戳它,吓得我立马抱起了女儿。显然,这蜈蚣是从房顶掉下来的,房顶四面有缝,虫子很容易进来。

基地的夏天不算太热,大家从来没有穿过裙子(可能也是怕蚊子咬)。但冬天很冷,没有暖气,在办公室要穿上棉的军大衣,夜里睡觉要盖上三层棉被。还好,上级经常拨给我们军用的棉花被芯,够用了。

九〇九基地没有自来水厂,工作和生活用的都是江里的水。四合院水管里流出的水是浑浊的,有时会看到水管里流出的水里有小红线虫。大家说我们喝的是"泥浆水",从北京来的十个有九个拉过肚子、脸色发黄。我们每天用铁桶接水,要等到水沉淀后再喝。细致的人会自己想办法,在水桶中加点儿明矾帮助沉淀。有时偶尔接到比较清亮的水,高兴极了,就想办法尽量多存一些,我们多么希望能喝到干净的水呀!

九〇九是个温暖的大家庭,大家团结一致,共同奋斗。1974年夏天,我把2岁的女儿从北京接来基地,到双福站下火车时,天已经黑了,还下着小雨。齐植棣与好几个同事去接我们,帮助拿行李、拿东西。老孙一直帮我抱着孩子,走了十几里泥泞的小路才走到3号点的四合院。当时的场景,我至今记忆犹新。

在九〇九基地，这种情况是常态。同志们谁出差或回家探亲，来来往往，大家都会帮忙接送。齐植棣从北京出差回来，从来不空着手，经常给刚生小孩的同事带奶粉，有时还会带双耳的大铁锅。

那时交通不方便，乘火车从北京到基地需几天时间。首先，从北京乘火车到成都需两天一夜，或两夜一个白天。在成都站附近的旅馆住一个晚上，第二天再乘慢车经一百多公里的路程到双福站。有时候从成都到双福，是那种没有座位的铁皮火车，老乡可以带着猪、鸡、鸭上车。我就赶上过，站几个小时，累得站不住时，只能坐地上。双福站没有站台，没有候车室，跳下火车跨过铁道就可以直接往基地走。从基地到北京，也是这样。

齐植棣从北京出差回来，他父亲总是炖好一个大猪肘子和一盒红烧带鱼，让他带到基地。我们就请周围的同事来聚餐，热热闹闹地分享美食和快乐，大家都很开心。

当年，在基地唯一的娱乐活动就是几周放一次露天电影。一般是在周六的晚上放，地点不定。四川老乡的消息比我们灵通，他们早早地就会到放映地点占地儿。有一次预报放《卖花姑娘》，地点在2号点的一个很大的洼地。大家早早吃完饭就搬着竹椅小凳从四面八方赶去，天还没黑就在那里等，场面十分壮观。等啊等，几个小时过去了，一直等到夜里十二点片子才到，看完电影已是半夜三更。人们却没有困意，激动的心情久久不能平静。大家扛着椅子，扶老携幼，浩浩荡荡往家走。

在那个只有八个样板戏的年代，人们多么渴望能看到新鲜的东西呀！有一次放《闪闪的红星》，地点在4号点，齐植棣用竹背篓背着女儿走了几里路，站着看了两个小时。电影很吸引人、激动人心，我们也不觉得累了。有时看电影的人多，没地方站了，只好到银幕的背面去看。

记不得从什么时候开始有电视了。基地最早买电视机的是医院院长汪锡华家，买的是个9寸的黑白小电视。这个新奇的东西吸引了许多人。每天晚上，汪院长把电视机摆在医院的院子里播放，很多人都去观看。但是，就是这样的小电视，一般人还是买不起。

我家有台齐植棣在北京买的带四个喇叭的立体声收音机，听音乐效果特别好。有时我们把收音机放在家门口，院里的人很爱听。有一天，收音机里竟然播放新凤霞唱的《刘巧儿》，久违的声音让人听了心情愉悦，感觉时代正在发生变化。

渐渐地，会议少了，晚上不用再进行政治学习，业余时间属于自己了，大家可以干点儿自己喜欢的事。偶尔在周六的晚上，齐植棣会邀请住在单身宿舍的清华学姐毛玉姣、哈工大毕业的傅守信、西安交大毕业的郑千里到我家打桥牌。不知他什么时候成了打桥牌的高手，记牌的能力极强，打得好。

同事们开始想走出去看看周边的风景。是啊！基地周边那么多的名胜景区，峨眉山、乐山大佛等，几年来都没时间去看。个别的同事结伴去爬峨眉山，那时那里还没有开发旅游，也没有缆车，只能靠自己徒步上下山，来回要两三天的时间。齐植棣也去了，我给他烙了几张红糖饼。他挂根棍子，上山要走一天半，中间在老和尚的庙里住一宿。我们15号实验室也集体组织去了峨眉山脚下的报国寺游览。

没有政治运动了，人们开始向往美好的生活和舒适的家居环境，基地悄悄地兴起家具热。不知道是谁家开的头，人们开始从当地老乡那里买木头，请木匠到家里做家具。四合院的人们也大张旗鼓地干了起来。星期天又是另一番景象。大家早上照样去赶集，上午就陆陆续续有老乡送木头来。长的短的圆的方的，都是老乡用肩扛来的。只用几斤粮票就能换一根木头，还管走十几里路送到家。

齐植棣也去买了几次木头，买回来就不用他管了。我与木匠协商，用哪根木头做什么。记得用他买回来的半根核桃木当桌面，做了一个带老虎腿的方桌，至今还在用。

四合院里有一对上海夫妇，他家有一个上海特色的带镜子、老虎腿的深色五斗橱，大家很喜欢，画了图照着做。同事们互相参观、交流、研发，请木匠在家门口做，做出了各种各样的家具，有两门或三门的大衣柜、五斗

1971年王中秀调到九〇九基地，这个盆是从北京托运过去的，到站地址还清晰可见。这个盆在当时是过日子的主要家当之一，可洗衣、洗澡等，每天都离不开它

当时九〇九基地对外公开的名字叫作"西南水电研究所"。这个小木凳就是基地配发给工作人员的几件简易家具之一，侧面印有"水电所"三个字

橱、桌子、床头柜，还有简易沙发。有人还做了小电视柜，虽然暂时没有电视机，但大家相信，不久的将来会有的，对生活充满了希望！事实证明，果真是这样的。

四合院还是那个四合院，房子还是那些简易房，但房间里渐渐发生了变化，美化了，舒适了，旧貌换新颜。再也不用担心有人会说这是资产阶级的生活方式。工作在继续，生活在继续，人们的脸上洋溢着幸福的笑容。

在第一代核潜艇总设计师彭士禄的带领下，广大科技人员自力更生，艰苦奋斗，努力拼搏。1970年8月30日，陆上模式堆实现了满功率运行。同年12月26日，中国第一艘攻击型核潜艇胜利下水。

在196堆投入正常运行后，齐植棣又进行了大量的校核计算，并写出了有关报告，执笔编写了《196反应堆河水断流后冷却方式计算说明书》。他在09-4方案组对未来核潜艇和核动力航空母舰可能采用的反应堆类型开展了广泛的调研论证，并对超临界压水堆做了初步设计，与另一位同志共同编写了《09-4型核潜艇超临界压水堆热工计算》。他在热工组参加了195堆改进定型计算工作，对核潜艇服役后195堆出现的一些问题进行了分析计算，并根据需要参加了反应堆运行工作，在反应堆上进行各种动态试验和事故模拟试验。

1974年8月1日，中国第一艘核潜艇被命名为"长征一号"，正式列入海军战斗序列。从此，我国成为世界上第五个拥有核潜艇的国家，人民海军进入了核海军的行列。

1989年9月25日，在新中国成立40周年前夕，中央人民广播电台在午间半小时节目中播出了一篇回顾我国核潜艇研制历程的专题报道，其中特别讲了齐植棣在九〇九基地被小咬咬得皮肤过敏，但他克服困难、坚持工作、取得突出成绩的模范事迹。核动力专家、齐植棣原来的专业组组长韩铎特意打电话到核情报所，提醒我们按时收听。

齐植棣的湿疹10多年后还没有完全好，总是随身带着激素药膏用来止痒。由于多年服用激素药，药物的副作用影响到心脏，埋下了隐患。

1985年，核潜艇研制获得了国家科学技术进步奖特等奖，核动力研究设计院寄来了荣誉证书和10元奖金，肯定了我们对核潜艇研究设计所做的贡献。对我们〇九人来说，这是一张分量最重的荣誉证书和一笔价值最高的奖金。

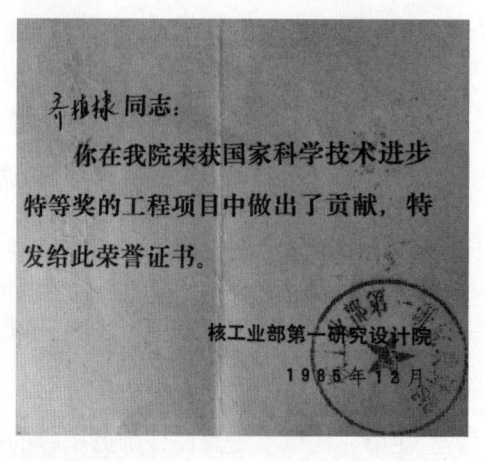

荣誉证书

核科技与信息研究

在完成了〇九的阶段性任务后，我国加入了国际原子能机构，需要搞汉字系统信息化，核情报所承担了"汉字信息处理系统工程"——七四八工程，急需核反应堆专业及英文能力强的人才，齐植棣是非常适合的人选。他从此开始了核信息研究工作。

齐植棣继续发挥在15年核潜艇设计工作中养成的严谨、认真、负责的工作作风，很快适应了新的工作。他首先参加了《汉语主题词表》（国表）和《核科技主题词典》（部表）的编制工作。在国表中，他负责核反应堆、核电厂、核舰船等有关专业的选词、定名、英文译名等工作。在部表中，除这三个专业外，他还承担了舰船工程、航空航天、动力工程、军事科学、交通运输、传热学、热力学等外围专业叙词的翻译定名，注释项翻译和自选词定名，英文译名等工作。在三大文献数据库的建设中，他均负责反应堆、核电厂相关文献的标引。

1987年11月，我国首次向国际核信息系统（INIS）输入的全英文会议记录《第六届太平洋地区核能讨论会议文集》是由齐植棣标引的。在INIS库的文献标引工作中，他对质量问题给予了特别的注意，交出的工作单不但选词准确、范畴适当，而且书写整齐、格式规范、项目齐全，INIS标引专家对此给予了很高的评价。

1990年，齐植棣作为访问学者对国际原子能机构进行了访问，他把了解中国核情报中心INIS库输入质量和存在的问题作为主要任务，与专家进行了详细的讨论，为提高我国的INIS库输入质量做出了贡献。

从1997年起，齐植棣又承担了每年3000篇INIS库输入的终审校核任务。由于责任重、工作量大，他经常加班加点，分秒必争，尽最大的努力做好这项工作。

齐植棣参加编辑了《核科学技术叙词表》，词表出版投入使用后，又承担词表相关专业叙词的修改、增补、新词译名工作；参加编辑《广东核电合营公司叙词表》；参加军工系统叙词表中核科学技术部分的选词、定名和英文译名工作；曾担任《中国核技术文摘》编辑；为制定《核科技情报计算机网络系统发展计划》进行了调研工作，并写出了有关报告。他还与另外两位同志一起完成了国际原子能机构"动力堆数据库"在布尔机上的移植工作。在中国核科技报告库及中文核科技文献数据库的建设中,齐植棣做了大量的工作,除负责反应堆、核电厂相关文献的标引外,还多次承担标引培训班的讲课任务,编写了《文献标引工作中主题标题的选择》《核科技文献标引实例分析》《报告库标引校对工作小结》《短语的标引》等讲稿,为培养核情报系统标引人员做出了贡献。

1990年齐植棣(右一)与国际原子能机构专家合影

2003年,齐植棣对国际原子能机构INIS科进行了两周的科学访问。这次科学访问的主要任务是与INIS专家商讨联合叙词表中文译本的有关问题,以及其他一些技术问题,共有20个课题要讨论,时间短、任务重。我曾对他说:"你的能力没有问题,不比其他国家的专家水平低。你可以利用周末休息时间去附近旅游。"他说:"我一个人去是代表国家,一定要做好充分的准备,不能给中国丢脸。"在维也纳,他每天下班后随便吃点儿面包,马上抓紧晚上的时间,准备第二天要讨论的课题。最终,他圆满地完成了任务,得到了INIS专家的认可,为中国争了光。

2003年齐植棣在国际原子能机构万国旗前

倒在工作岗位上

是的,齐植棣承担着极为繁重的工作,一个人顶几个人,已将近63岁,仍在坚持工作。在这次科学访问后不久,2003年9月10日,他在工作中心脏不堪重负,发生严重房颤,引起脑部大面积栓塞,造成他深度昏迷,他倒下了。后来才知道他的心脏房颤已经发生好几天了,但他不能休息,时间对他来说太宝贵了,那么多工作在等着他干,他分秒必争。这需要多么大的毅力呀!他把工作看得比生命还重要!

齐植棣由复兴医院转入宣武医院ICU进行了抢救,由于已处于深度昏迷状态,随时都有生命危险,医院要求家属每天24小时在医院等候。我与女儿们在医院对面的小宾馆租了一间房住下,夜间大女婿在医院家属等候室等候。我们只能一周两次隔着玻璃看齐植棣一眼。20天过去了,他仍然处于深度昏迷状态。国庆节时,刚刚从外地出差回来的核工业总公司负责科研工作的副总经理黄国俊听说齐植棣的情况后,立即来到宣武医院,由宣武医院党委书记陪同,破例进入ICU。黄总拉着齐植棣的手,呼唤他的名字,突然,齐植棣的手指动了一下,黄总激动地向玻璃窗外的我说:"小王,快进来!"齐植棣醒了!他摆脱了死神的纠缠,从ICU转入普通病房。但他还坐不起来,没有恢复语言能力和吞咽能力。我们先后把他转入北京中医医院、西山医院,开始了漫长的康复治疗。半年多后他恢复到能用左手拿勺吃饭、左腿能迈步的状态,但右半身仍瘫痪不能动。语音功能恢复到能说两三个字。他可以出院回家了。在抢救治疗过程中,核情报所领导给予了大力支持,终于挽救了他的生命。齐植棣的姐姐、弟弟、妹妹在他病倒后都尽力帮助照顾,并给予经济上的援助。

因我家住在最高层7楼,没有电梯。核工业总公司办公厅借给了我们一套位于二机部宿舍花园村小区的1楼的一居室住房。这样,我们就可以每天推着轮椅带着齐植棣在户外锻炼了。从此,我们每天带着他锻炼,经常推着他去紫竹院、动物园、植物园、颐和园观景赏花,这是他一生中最放松的时光。有时带他去基辅餐厅，听他最喜欢的苏联卫国战争时期的歌曲，他都特别熟悉。

整整5年，他的病情比较稳定，虽然右半身瘫痪，几乎不能说话，但感觉他的脑子里记忆的东西并没有消失。有一次，女儿问他一首很偏的古诗作者，他马上说出诗人的名字。还有一天，我听电视里一个人在说外国话，我说他说的不是英文，就问齐植棣是哪国语言，他马上回答"西班牙"。他知识渊博，一直是我们家的活字典。

2008年9月16日晚，齐植棣突发肺栓塞，急救车将他送到海军医院，经抢救无效离世，终年67岁。核情报所在八宝山兰厅为他举行了隆重的追悼大会。亲朋好友、同事、同学都来为他送行。我们把齐植棣安葬在他父母从小生活、学习、成长的香山前的金山陵园。从我们家的7楼向西看，就能清晰地看到远处的香山，我们好像还在一起。

他从事核信息研究工作20多年来，肩负着我国为国际原子能机构输送数据的关键任务，肩负着信息标引、文献终审等专业性强、关乎国际声誉的工作。齐植棣一生热爱祖国、热爱人民，在近40年的工作中，他服从国家需要，干一行，专一行。他严格要求自己，一生为人正直，生活俭朴，品德高尚，学识渊博，工作兢兢业业，任劳任怨，深受大家的喜爱和尊敬！

齐植棣把毕生精力和聪明才智都无私奉献给了我国的核事业，他将永远活在我们的心中！

农村少年的科技人生

文 | 王秀清

王秀清

影入平羌

| 科学家简介 |

  王秀清（1939—），河北乐亭人。1965 年毕业于清华大学核反应堆工程专业，1965 年至 1986 年在中国核动力研究设计院二所工作。1992 年至 1993 年为美国阿贡国家实验室高级访问学者。曾任原国家环保总局核安全中心副总工程师，现任生态环境部核与辐射安全中心研究员、国家注册核安全工程师、中国核能动力学会反应堆热工流体专业委员会委员。

  王秀清从事核反应堆热工流体力学、核电站运行安全以及世界核能现状与未来等方面的研究。其研究成果先后获得全国科学大会奖（2 项）、国家科学技术进步奖三等奖、国防科工委科学技术进步奖和教育部科学技术进步奖等奖项。享受国务院政府特殊津贴。2008 年，出版著作《世界核电复兴的里程碑：中国核电发展前沿报告》。

战乱童年

1939年春天,我出生在中国北方一个普通农民家庭。

我的童年在战乱中度过。卢沟桥事变,中国掀起抗击日本帝国主义侵略的高潮。两年后,第二次世界大战的序幕揭开,战火硝烟笼罩了世界各处。此时诞生的儿童,注定要在战争动乱中度过童年。

我出生在位于滦河下游靠近渤海的冀东平原河北乐亭一个名叫"吴家兰坨"的小村庄。由于人多地少,生活艰难,人们处在生存的挣扎之中。这些近海平原上祖祖辈辈种地的农民,纷纷告别家乡,到土地肥沃、人口稀少的东北寻求生计。这种无奈的选择,当时被叫作"闯关东"。我3岁时,家乡大旱,颗粒无收,春天来临时,大部分人家只能远去海边的盐碱地里挖野菜度日。这一年,闯关东的父亲把全家接到沈阳。

父亲经常去外地做小生意,常常是母亲、姐姐和我三个人留在家中。屋子的房门紧闭,屋内地上有一个火炉,母亲在火炉旁忙家务,姐姐在炕上做针线活,我独自在炕上玩耍,这是我记忆中最初的家的印象。

在炕四周的墙上,贴着叫作《二十四孝图》的大幅图画,挂着四幅字轴,名字叫《创业难》,是一篇楷书大字竖排的古文,字轴的两边配有条幅。母亲不识字,父亲只读过两年私塾,是王家他这辈人中唯一读过书的人。父亲和人谈话时,经常说:"我是种地的庄稼人,半路出身做买卖,能认得几个字!"这话谦恭地表白他事业拼搏的艰辛,以及对文化、学问的渴望。虽然从来没有机会和父亲讨论在家中悬挂《创业难》字轴的用意,但是这些字轴中的文字成为我儿时的启蒙材料却是无疑。

姐姐在老家读完了初级小学,虽然之后辍学,但是一般汉字都认得,能读懂图画中的说明。那时,姐姐在炕上边做针线活,边教我读字轴中的字。在家中,我很少下地玩耍,更不被允许出门到屋子外面去。久而久之,墙上字轴里表述的内容，我虽然不理解，但是也能把字轴里的文章背诵出来。几十年过去了，我现在还能记起文章开头："创业难，创业难，创成家业如登山。五更起，半夜眠，冲风冒雪为家园……"《二十四孝图》的故事在姐姐指点下，我也能一个一个完整地讲述。字轴与图画中的寓意，印在脑海里，无形中成为我进入社会做人的准则！

日本投降第二年，我顺利进入沈阳市一德小学读书，一年级语文课本第一篇"来，来，来，来上学"这几个字是课文的全部内容。语文课本里没有我不认得的字，各篇内容也索然无味，语文课堂很少引起我的兴趣。

唯一有趣的课是美术课。美术课老师是一位留整齐短发，爱穿蓝色毛料西服上衣，戴金丝眼镜的慈祥中年女老师。她平稳地走向讲台，用有颜色的粉笔，几笔就勾画出一个人字形屋顶的小屋、一片云彩、几棵小草，然后回头告诉我们小屋、云彩、小草的位置，绘画时下笔的顺序，要求我们拿出一张白纸和一支铅笔，她数"一、二、三……"，我们一笔一笔在白纸的既定位置上画。最后，白纸上出现了一幅幅乡间景色的卡通画。每个学生都很欣赏自己的绘画作品，似乎那就是想象中的乡村天地。现在，我还清晰记得那位美术老师仅用几笔勾画出的黑板卡通画。小学老师的教学艺术和教学效果会影响学生终身，我一生热爱自然、热爱农村，也许其中有我出身农村的关系，但小学美术课上所受的教育不可或缺。

第一学期结束，学校召开全校师生大会，校长在台上讲话，表彰学习优秀的学生。在大操场上，一年级学生排在队伍后面。我第一次参加这样的大集会，由于个头小，看不见台上说话的校长，也不关心队伍前面发生的事情，正在与旁边同学玩耍。突然，听到有人大声喊我的名字，已经喊了几次，我不知所措。班主任老师急忙跑来拉着我的手，向前面走去。前面台子上，校长依次给上台的学生发奖品，从高年级到低年级，按名单顺序颁发。一年级新生排在最后，我的名字在一年级学生中第一个被念到。奖品是两支带橡皮的铅笔和五本练习本。练习本是用发黑的再生纸做成的，封面上盖有"一德小学"的红色印章和用毛笔写的一个大"奖"字。中午放学见到父亲，他看到我学期末获得的奖品，着实高兴了一番，并夸奖说："刚上学，就能拿到奖品，真棒！"

1948年春季，为躲避战乱，我随家人从沈阳来到天津。

从东北辗转到天津的人很多，公立学校数量有限便拒绝接收东北来的孩子入学。父亲为我选择了一所叫王开小学的私立学校。

学校的大门紧邻马路，进入学校通过楼房侧面通道，来到一个庭院。庭院呈长方形，由前后两栋二层南北朝向的楼房和中间两列东西朝向的平房围成。庭院是学生课间活动场所，有一些运动器械，兼作体育课的运动场地。前楼的二楼是校长私宅，一楼作为教师办公室，后楼与两侧平房是学生上课的教室。校长姓王，校名以他的姓开头，后面的"开"字，与当时教育界名气很大的南开中学的"开"是同一个字。平津战役前夕，纸币贬值、物价飞涨，混乱、恐慌弥漫全天津城。天津的有钱人家纷纷把房产变现，收拾细软，乘飞机到台湾或香港躲避战火。在城市楼群的一方天井内，一群天真儿童无忧无虑地学习、嬉戏，这是动乱年代里少见的景象。难得有开明豁达的贤人雅士，给失学孩子们一处世外桃源。在王开小学的一年多时间，我安静地读书，由小学二年级升到了三年级。班主任老师姓汪，是一位私塾出身、留着长胡须的和蔼老头，写一手漂亮的毛笔字。父亲、哥哥们第一次看到我的小学学习成绩，就是我拿回家的学年考试成绩单。他们不约而同脱口而出："老师的毛笔字写得真好！"加上家里人对我这次考试成绩的夸奖，我至今还能记起成绩单中老师写的评语开头："天资甚好，为可育之才……"

王秀清小学一年级时与父亲、大哥合影

新中国成立前，在中国大城市，公

影入平羌

立小学数量和教学设施不足，私立小学学费昂贵，大量适龄儿童失学。新中国成立后，天津市政府首先把解决失学儿童上学问题提到施政的重要位置。公立小学招收插班生的消息很快传来，于是我报考了天津中营小学。三年级下学期，我如愿转入天津中营小学。在这里读书，犹如进入了一个天地开阔的世界，立刻感觉出一番欣欣向荣的气息，一种新中国的新气象、新感觉！

学校操场一侧是一排排水泥地面、青砖墙、黑色小陶瓦做屋顶的旧教室，另一侧是一排排水磨石地面、红砖墙、红色大石棉瓦做屋顶的新教室，给人以强烈的新旧反差。我们班在新教室上课，教室内是排列整齐、油漆明亮的新课桌椅，讲台后面是深绿色玻璃砖的大黑板。我初来乍到，进教室面对一个从没有见过的整洁、干净、新鲜的读书环境，眼睛一亮。

一位留短发、上身穿系腰带的列宁装、一派解放式打扮的年轻女老师给我们班同学讲自然和社会知识课。课堂上，她笑盈盈地给同学们讲天津的河流、港口，天津的历史和演变……课下，她教同学们唱"解放区的天是明朗的天，解放区的人民好喜欢"。我最初有关列强和殖民地的知识就来自她的讲课。语文课老师是一位上了年纪、满头白发的老先生。一天，在课堂上，他心血来潮，从提包里拿出一个大笔记本，戴上老花镜，举着笔记本向全班同学炫耀：解放了，他要求进步，参加了知识分子的思想改造，正在学习毛主席新发表的文章《论人民民主专政》。"什么叫作人民民主专政？人民民主专政就是，对好人民主，对坏人专政！"他继续向学生们热切地说。一个三年级小学生第一次从老师那里听到"人民民主专政"这个词，现在虽然明白他的解释并不全面，但是这几个字从童年起就牢牢地印在脑海里，是我的一个重要政治启蒙！

可惜，在天津中营小学学习的时间并不长。新中国成立后，个人商业活动和生意经营受限制，为了生计，母亲和我回农村，大哥、嫂子、姐姐、姐夫到沈阳寻找工作，二哥留天津继续读书。

母亲和我离开天津，回到老家，我又成了地道的农村孩子，进入了撒马店小学读高小。

撒马店小学是方圆几里数座村庄里唯一具有高小（小学五、六年级）的完全小学，在吴家蓝坨村西面。吴家蓝坨村有十几个学生，在撒马店小学高小的两个年级四个班里读书。新中国成立前，农村小学生初小毕业后，大都留在家里帮助大人下地干活，然后成家立业自立门户，家境好的才可能继续读高小。在吴家蓝坨村，高小毕业生就是有大学问的人。大哥、姐姐以前在老家也仅读过初小就辍学了。全村千余口人，历史上读完高小的人屈指可数，全村只有最有钱的被称为"保福堂"的地主家曾培养出一位中学生。土地改革以后，农民生活富裕了，农村里开展文化扫盲运动，读书风气日盛，以前辍学的大龄青年纷纷回到小学读书。因此撒马店小学的高小每个年级分为甲、乙两个班，每班有二十几个学生。我在高小一年级乙班。高小同学中我的年龄最小，有几位超过二十岁的同学已经结婚且孩子都四五岁了。

撒马店小学的校舍是由以前的庙宇改造的，分为前后两个院落。前院的院中心平台上的大殿作为教师办公室，四周平房是高小各班教室、教师宿舍、教师伙房。后院内一圈平房作为初小各班的教室。大殿外平台的木架上悬挂一口小铁钟，到上下课的时间，有老师从大殿出来敲击铁钟报时。

家乡是老解放区，最先采用新中国成立后政府规定的统一小学教科书。学校二十几位老师中，几位高小班的老师都是新中国成立后从大城市返乡的读书人。历史老师叫阴春圃，原来在国民党的一个宪兵司令部任低级职务，新中国成立后回来任教。我对历史的最初了解，来自他深入浅出、生动有趣的历史课。他像讲故事一样从秦始皇讲到民国初期，一个个朝代演变的故事深深吸引住了我。我的小学数学老师也是我们的班主任，叫李春芳，原来是城市里一家大公司的财务职员。我数学思维的最初基础得益于他的数学课，他讲解的四则运算、鸡兔同笼等数学问题，培养了我逻辑推理运算的初步能力。我喜欢听这两位老师的课，课堂上我目不转睛地盯着他们的一举一动，是两位老师的得意学生。每年乡镇教育主管单位都要组织一次统一会考，考核各学校的教学水平。高小二年级上学期，新寨镇集中全镇完全小学的高小二年级学生参加会考。考试成绩下来，撒马店小学的各科平均成绩最好，我的分数最高。回校不久，阴春圃老师课下在同学面前指着我笑着说："两个班级我最喜欢的学生是王秀清。"

农村学生有早读的习惯。晨曦之中，学生早早起身到本村的初级小学教室，借助微明的天空高声朗读课文。无论课文内容如何，都用同一个抑扬顿挫的调子，如同庙里和尚念经。开始我很奇怪，长大以后知道当时农村普及现代教育之初，还保留着私塾经书、古文的诵读方式。太阳出来，大家才结束早读回家吃早饭，然后去上学。

我敬佩、赞赏农村小学生刻苦读书的上进精神，理解他们在艰苦条件下强烈的求知欲望。他们质朴追求、努力向上的精神也深深感染着我，也许这就是我后来与困难拼搏的动力来源吧！

中学的艰辛

1953年夏天，我从撒马店小学毕业，考入沈阳第十七中学。

一个美好愿望支撑着我与困难抗争，度过了在沈阳第十七中学三年的艰苦学习生活。这个愿望是到北京读大学。

沈阳第十七中学是一般初级中学，毕业生有两种选择，一个是升入高中继续自费读书，准备毕业后考大学；另一个是升入中等专业学校，享受国家资助，毕业后参加工作。20世纪50年代中国教育体制学习苏联，国家为了满足工业领域中等技术人员的需求，在各工业发达城市创建了一批中等专业学校，国家负担学生的一切费用，包括食宿和学习用品。中等专业学校是家庭经济困难的城市初中毕业生和绝大部分农村初中毕业生的升学首选。

我进入初中二年级不久，教我班代数课的班主任刘瑞珊老师询问我的家庭情况和我初中毕业以后的打算，也许是对家庭经济困难学生的一种关心吧。

我是班里学习好、守纪律的学生。她知道我在校住宿，家在外地农村，暑假和寒假不回家，一年四季穿的是大人的旧衣服，性格内向、沉静，没有城市孩子外露的活泼气质。与一般同学相比，我显然家庭经济困难，并且有一定心理压力。我的表现引起了班主任注意，她这才决定找我谈话。

当时，家庭情况变化使我陷入精神沉闷和生活困难之中。由于小生意难做，父亲回老家务农，家庭经济随之陷入困境。居住农村的父母远离沈阳，对我的学习、生活也无暇过问，我只能自己默默将压力深深埋在心里。我内心苦闷，有一种无名的自卑感，很少和同学交流家庭情况。

我没有助学金，主要由大哥给我住校伙食费。大哥刚刚参加工作，薪资微薄，大嫂是家庭妇女，拿出钱支持我读书是他们很大的一笔开支，此外再也无力为我添置四季衣服。我穿着大哥的旧衣服，心里觉得很正常，很感激大哥大嫂。在这种境遇下，我的心理承受力也逐渐变强了。

夏天的一个星期天，父亲从农村来沈阳，在大哥家等着见我。我从学校匆匆赶到大哥家。离开老家两年不见，父亲由于干农活等体力劳动，晒黑了，但是身体很好，我心里踏实、高兴。父亲上下打量我一番，见我穿一身旧衣服，裤子前面破着一个大洞露出大腿，突然双手拉住我大哭起来。我印象中父亲是很坚强的人，从来没有见他这样大声哭过，但是我内心很平静，表情也安然，站在他面前任他哭。大哥和大嫂在旁边一脸尴尬，父亲大骂他们没有照顾好我。父亲当天买了几尺布，找到姐姐让她连夜给我做裤子。当然，姐姐少不了也挨了顿骂。次日，父亲来到沈阳第十七中学，给我送来一条新蓝布裤子。当时我15岁，已经有了自己的思考，我不为穿破裤子感到羞耻，也不为父亲的哭声所动，此时我不能在父亲面前显露。我做好了承担困难的准备，眼前的艰苦对于我算不了什么，我已经有了自己的愿望和自己的决心。

父亲回去以后开始每月寄钱给我，信中告诉我不要让大哥知道，留着自己添些衣服用。我还是告诉了大哥，不再要他的伙食费。

这些事情我从没有和任何人谈起过，但是我的情况刘老师显然已看在眼里。

　　那是一个星期六的下午，办公室空无一人，刘老师找我谈了很长时间。我告诉她我的家庭情况，并且第一次讲了自己的想法。刘老师是知道我初中毕业以后的打算的第一人，我告诉她我的愿望是在沈阳第十七中学毕业以后，继续考好的重点高中，然后到北京读大学。老师感到意外，问我高中、大学的费用如何解决。我说二哥大学毕业后可以供我高中的费用，有国家助学金资助，我可以读完大学。我憧憬着未来，信心十足地继续说："从天津南开中学毕业考入北京航空学院读书的二哥和我一样困难，二哥用课余时间在夜校任教的收入读完高中，得到国家助学金资助的他正在读大学，为什么我不能读完高中和大学？相信以后家庭经济会改善，我能克服现在的困难，读大学的愿望一定会实现。"二哥1952年从天津南开中学毕业考入北京航空学院，自然成为我心目中的榜样！老师听了我的话以后沉默良久，不知道她内心是为眼前穿破衣服的初中二年级小男生口出狂言震惊，还是为他的少年抱负所折服，我无从判断，但是我看出了她赞许的表情。告别老师，走出办公室，我感到心情无比痛快，感受到从自卑和压抑中解脱出来。我来到了学校操场，长长呼出一口气，发现下午金灿灿的阳光是那么美好！感谢班主任的默默赞许，这解除了我心头长久的压力！此后不久，班级共青团支部改选，我被选为团支部书记。我担任班级团支部书记一直到毕业。

　　1956年夏天，我从沈阳第十七中学毕业，搬到姐姐家院内一个堆放杂物的小棚子里住，每天去辽宁省图书馆复习功课，准备升学考试。这也有不得已的原因。一天，我在大哥家里，大哥知道我要考高中后发脾气了，让我改报中等专业学校。我不同意，坚决要读高中，就和大哥吵了起来，哭着离开大哥家，回到学校宿舍用被子把自己蒙起来哭了一场。但是我并没有动摇报考高中的决心。距离考试还有一个月，母亲从老家来到沈阳，住在姐姐家里，她支持我报考高中。我和母亲商量，搬到了姐姐院内的小棚子里住。姐姐家人多房子小，我唯有去辽宁省图书馆复习功课准备考试。

　　辽宁省图书馆原来是张作霖大帅府的一部分，是一栋1922年建成的三层罗马风格楼房，为张氏帅府内的一号建筑，原因其外表皆为青色而得名"大青楼"，沈阳解放后改为图书馆。1956年，辽宁省图书馆在准备升学的沈阳中学毕业生中小有名气，它为家住沈阳市内的中学生提供了一个很好的读书环境，这里成为一群青年每天必来之地。上午开馆前大家已经等在图书馆大门外，晚上闭馆时才离开。这些青年中大部分是准备参加高考的，少数人准备升高中，我是其中之一。继续读书并且准备升入一所名气大的学校是这群人的共同愿望，交谈中我知道了国内著名大学和沈阳高级中学的一些情况。他们选择名校的决心感染了我，其中三位年龄大的青年发誓要进入清华大学读书，有的连续参加了两次以上高考，虽然已经被其他大学录取，但他们都拒绝了，准备来年第二次或第三次重考清华大学。清华大学的名字首次深深印在我心里。

辽宁省图书馆是我学会从参考资料中寻找学习辅助材料、提高课程理解程度的启蒙之地。二楼是阅览室，读者不多，我们各自占据阅览室靠窗的位置，安静地复习功课。在复习功课间隙，我常常去图书馆一楼的期刊阅览室，边翻阅报刊边休息。我无意间在期刊陈列架上发现了《中学教师语文教学月刊》《中学教师物理教学月刊》《中学教师数学教学月刊》等给中学老师教学参考用的杂志。我拿来翻阅，惊喜地看到对中学课本内容的深入分析和大量参考例题，老师课堂上讲授的东西都能从中找到，并且比老师课堂讲授得还要清晰透彻。

我清楚记得《中学教师语文教学月刊》中有一篇《×××是什么样的人》，内容就是对初三语文课本里一篇课文的分析。该课文是新华社记者写的一篇解放战争纪实报道，讲述了战争中一位名叫×××的解放军战士的英雄事迹。我把这篇《×××是什么样的人》从头到尾读完，恍然大悟原来课文中讲述的×××是这么一个人，无意中牢牢记住了文章叙述的逻辑和分析的结果。非常巧合，升学考试语文试卷的作文试题要求写一篇议论文，题目就是"×××是什么样的人"，月刊中那篇文章的叙述给了我很大的启示。

借助辽宁省图书馆一楼期刊阅览室的资料，我对其他考试科目课程的理解程度比在学校学习也有进一步的提高。升学考试发榜，我如愿以偿地考进沈阳二中，它是辽宁著名的重点中学。

沈阳二中的前身是张学良于1925年创立的同泽男中，抗战后改名为沈阳第四中学。新中国成立后，在原址的基础上，以四中为主体，合并市立一中、二中、三中和省立二中的高中部，成立了沈阳二中，其是新中国第一批省立重点高中之一。新中国成立初期，国家接受苏联经济援助，沈阳二中新校舍按照其中学风格建成。位于学校南面的教学楼是一栋坐北朝南的白色四层楼房，校园中心是矮树围成的大花坛，西面是有400米跑道的大操场，校园整洁、美丽、安静，是当时沈阳市校园环境最好的中学。红色的两层学生宿舍楼在校园北面，每间宿舍有四张上下铺位的铁床，家距离学校远的同学可以住校，我们班大部分同学在学校住宿。学生食堂餐厅的餐桌、餐具、壁橱排列整齐，每个方形餐桌配四个长凳，供八位学生用餐，学生有固定餐位。教室地面是红漆硬木地板，学生进入教室需换室内鞋。课桌和座椅是连在一起的俄式风格，一套桌椅并排坐两名学生，显得笨重但牢固、实用。教室前面也是俄式木制讲台、讲桌和玻璃黑板。我们班教室在教学楼的一楼，紧邻宽敞的大厅。二楼环廊可俯视大厅，周末新同学经常趴在环廊上看高年级同学在大厅跳交谊舞。

每个年级按甲、乙、丙、丁、戊、己、庚、辛序号编排班序，每班42名学生。每位学生有固定的班级学号，我是丁班1号学生。在课堂上，老师提问不是称呼学生姓名，直接称呼学号，课下同学之间也习惯直呼学号。我的1号着实给我带来不少烦恼。课堂上老师让1号同学回答问题的概率最高，常常前一节课老师提问过1号，后一节课老师又叫1号同学回答，这时立刻引起全班同学一片笑声。我只能在笑声中尴尬地站起来，而提问的老师完全不知同学发笑的原因。

在沈阳二中读书这件事给我注入了新的青春活力，使我的精神面貌焕然一新。入学的时候，看到美丽的校园，崭新的教学楼、学生宿舍、学生食堂，心中自豪感油然而生，内心的阴云被冲淡了，美好明天显露曙光！第一学年我就获得了助学金，不仅免收学费，而且提供我的食堂饭费（第二年我不再申请助学金，由二哥提供伙食费，因为他毕业工作了），我无须再为上学费用发愁。母亲住在沈阳姐姐家里，随时为我添置四季衣物和生活用品，我从困顿中解脱出来了！

沈阳二中崇尚理科学习传统由来已久，学生偏爱学习理科，特别是数学和物理。当时，国家正在执行经济建设第一个五年计划，需要大量理工科高校毕业生。高等学校招生考试虽分文科和理科，但重点中学都把理科教学作为学校的教学重点。

新中国成立初期，为了支援东北的工业建设，国家动员上海市一批中学骨干教师来到沈阳重点中学任教，沈阳二中教代数课的陈业炎老师就是其中之一。因为沈阳二中的理科老师资质优秀，毕业学生高考升学率远远高于辽宁的其他中学，学生以高考能够升入清华大学为最高追求。我们丁班42名同学，高考后全部升入以理工科为主的各类高等学校，其中有4名同学考入清华大学。后来得知，当年全校有9名同学考入清华，学校获得辽宁的高考录取率第一名。

我对数学和物理的最初兴趣，离不开沈阳二中的陈业炎、谢一帆老师给我们分别讲授高中数学、物理课程所带来的启发。陈业炎老师个头不高，经常穿一身棕色毛料西装，整齐地系一条鲜明的领带，一双黑色皮鞋擦得锃亮，精神抖擞地站在讲台上，用一口纯正的上海普通话给我们上代数课。同学们喜欢陈业炎老师的代数课，因为他讲课精练、透彻，同学们从他的讲解中容易明白讲授的内容，能很快掌握课程内的数学要点，但是同学们畏惧陈业炎老师的课堂提问和考试，因为他的提问和考试总会有超出教科书内容范围、必须超常发挥才能回答的问题。久而久之，在我们班代数课上能够回答陈业炎老师的问题，考试能够得满分的学生，只有1号的我和为数不多的几位同学。记得一次期中考试，代数试卷中有一道指数对数与排列组合的综合试题，只有两位同学做对这道题，得了满分，其中就有我。

影入平羌

我开始认识物理现象的内在规律，得益于谢一帆老师引导我们思考物理现象的教育。谢一帆老师是东北人，他和形象鲜亮的陈业炎老师形成了鲜明对比。他身材瘦瘦的，戴一副深度近视眼镜，不修边幅，穿的衣服总是皱皱巴巴的，穿的鞋也是沾满油污和尘土。他讲课慢条斯理，随着他一句一句地讲解，同学们有充分时间思考他每一句话的含义，一堂课下来，同学们可以轻松地理解他讲授的物理概念。我对有关引力、质量、加速度等物理概念的理解，来自课堂上谢一帆老师慢节奏的讲授。谢一帆老师的物理课逐渐培养起同学们探讨物理现象的兴趣。一次物理课上，他讲授了宇宙中的万有引力概念，对于第一次接触抽象物理规律的中学生，引力概念有着一种神秘感，引发了同学们的思考。下课以后，我找到谢一帆老师，提出我的疑惑：万有引力是两个有质量物体的相互吸引力，为什么从地球上向宇宙抛出的物体总是被地球吸引回来，而不是地球被抛出的物体吸引过去？谢一帆老师听后先是一愣，看了我一眼，然后不紧不慢地回答说："因为地球质量远远大于抛出物体的质量，所以你只能看到抛出物体被地球吸引的运动速度，而地球不动。"他继续鼓励我说："你的思维和万有引力发现者大科学家牛顿的思维一样，牛顿在苹果树下休息，看到苹果落在地上，不是飞向天空，从而发现了万有引力定律。因为你忽略了质量的大小因素，才会继续提出这样的问题，如果你能够进一步思考物体质量的影响就好啦！你也能发现万有引力定律了。可惜你的思维和牛顿的思维只差一点点，所以发现万有引力定律的是牛顿而不是你！"我很早就知道牛顿在苹果树下发现万有引力定律的故事，但是这次谢一帆老师用这个例子善意开我的玩笑，才使我意识到科学伟人的思维和普通人思维的不同之处在于思维的深入与全面。只要多问为什么，物理定律并不抽象，不断进行深入思考，物理现象的内在规律是可以理解和掌握的。谢一帆老师帮助我揭开了物理的神秘面纱，从而激发了我探讨物理现象的兴趣。

假期我留校，可以到阅览室浏览期刊与其他科普读物，逐渐对原子核物理产生了兴趣。毕业时，我报考清华大学工程物理系。进入工作岗位后，我成为核工程专业工作者,终身从事科研工作,探寻专业物理现象的内在规律。回想起来,我一生选择的专业道路,与陈业炎、谢一帆老师最初在沈阳二中对我数学和物理的启蒙分不开!

清华大学——人生理想之门

1959年夏末的一天,从沈阳二中的收发室拿到清华大学工程物理系的录取通知书,我欣喜若狂地飞奔回姐姐家告诉妈妈,全家为我高兴。清华大学为我开启人生理想之门那年,我20岁。

入学报到时,学校大礼堂的门上方,一条红色横幅首先映入眼帘,上面写着"清华大学——红色工程师的摇篮"。我朦胧地意识到,工程师就是清华大学为我设定的人生目标。后来得知不少同届同学也有类似的想法,想在清华这个摇篮里摇六年,摇成一个工程师。

迎接新生报告会在大礼堂举行,虽然60年过去了,但是我对校长蒋南翔、体育教授马约翰的讲话至今仍有记忆。前者的"热爱祖国、跟着共产党走"、后者的"生命在于运动"两句话,给我的印象尤其深刻。

我入学后写信告诉妈妈,作为从东北地区来的一名新生,在学生餐厅用餐是学校一天生活中最快乐的事。在学生餐厅用餐,每人一份菜,主食米饭、馒头随便吃,使用公共餐具,饭后有机械洗碗机自动洗碗。当时,国家的经济困难初步显现,在东北已经按人口定量供给粮食,只给居民供应高粱米、玉米面、黑面,商店卖的糕点也是玉米面做的,沈阳市面上已经很少能见到白面食品了。刚入学,恰逢年少,精力旺盛,食欲极佳,我每顿饭都会吃几个白面馒头。家里人得知后为我高兴,我也深深感到,国家真好!清华大学真好!

1960年至1962年三年困难时期的阴影,无例外地笼罩了清华园。学生餐厅的主食变成窝窝头和玉米面糊糊,定量配给。为了节省学生体能,学校体育课停止剧烈运动,只教授太极拳和八段锦。校长办公室发出通知,缩短晚自习时间，宿舍提前熄灯，提倡学生早早上床睡觉、多多休息。前几年轰轰烈烈的政治运动高潮退去，校园恢复了昔日的宁静，反倒给了清华学子们一个难得的安静学习的机会。高等数学、原子核物理、量子力学等高深的理工学科基础知识深深地印在这批学子的脑海中。我学到的数学、物理知识为我以后走上科研道路打下了坚实的基础。体育老师教授的八段锦也使我终身受益，60年来八段锦成了我唯一的健身方法。现在我身体尚好，八段锦是我每天清晨必须操练的功课。也许，这也是"生命在于运动"这句话在我身上留下的痕迹吧。

1963年至1965年三年基础课程学习结束后，我被分配到工程物理系的核反应堆工程专业（对外称之为工程物理系240专业），开始学习专业课程。清华大学提倡科学理论和工程实践并重的治学方法。在"核反应堆理论纲要"这门经典核反应堆物理课程的学习中，罗经宇教授把我带进神秘的核能世界，使我知道了核裂变链式反应、费米中子年龄理论，以及1942年费米领导下的世界第一个核反应堆的诞生过程。我认识到科学家的伟大不仅在于发现重大客观规律，更重要的是用实践证明自己的理论。核反应堆工程专业整整三年的理论学习和工程实践不仅为我选定了从事核反应堆工程科学研究的终身职业，而且潜移默化地使得科学家费米的形象在我心目中高大起来，最终费米成了我崇拜的偶像。

1963年，我们班从清华园来到昌平南口镇的虎峪村，一个被称为"清华200#"的核反应堆工程现场，用一年时间在工程现场学习专业课程，后两年结合毕业设计，完全投入核反应堆建造现场的工程实践，在工作中学习。我被分配到清华200#的核反应堆工程热工水力实验室，毕业设计题目为"游泳池核反应堆堆芯惯性流量测量"，这属于清华200#的一项核反应堆工程建成调试的实验项目，指导老师是徐元辉教授。该项目的工作让我感受到清华大学在科学研究中形成的科研氛围：大胆假设，小心求证；不拘一格，敢于创新。记得该项工程负责人吕应中先生在工程全员动员大会上反复告诫教职员工和学生："清华大学科研工作向来是不强调参加人的专业背景，土建、机械、化学、物理、核能……所有工程领域，无论什么岗位，也无论在校学的什么专业，岗位需要什么就做什么，做什么就学什么，在做中学习，做好本职工作。"敢于面对任何技术任务，有信心把事情做好，这种对待本职工作的心态，贯穿我一生科研工作的始终。

清华200#游泳池核反应堆工程于1964年成功投入运行，作为国家重大科研成果，引起了国内核工业界广泛关注。我的毕业论文研究课题是该工程真刀真枪的调试项目，成功地解决了反应堆堆芯流量测量问题。1964年，我的毕业设计开始于一个异想天开的想法。参加清华200#核反应堆工程建成调试的实验工作过程中，我向徐元辉教授建议，堆芯惯性流量测量可以使用涡轮流量计。他听完我的想法后，欣然同意，并且把这个设想选定为我毕业论文的研究课题。我的想法是偶然从科技读物中来的，我读到航天火箭和卫星控制发动机地面实验使用涡轮流量计测量火箭发动机的液体燃料流量时受到启发，因为该类流量计精确度高、时间常数小、反应灵敏，脉冲信号有利于远距离传输和数字仪表记录，所以完全符合核反应堆堆芯流量测量要求。当时，世界上没有任何关于涡轮流量计在核反应堆堆芯应用的信息披

清华大学1958年建成的工程物理系大楼

影入平羌

清华大学 1964 年建成的屏蔽实验反应堆外景

露,我初生牛犊不怕虎的设想,也许符合"大胆假设,小心求证;不拘一格,敢于创新"的清华大学科研作风,得到了徐元辉教授和清华 200# 热工水力实验室同志的积极支持。首先,我请教清华 200# 金工间的车工、铣工师傅加工制作大螺旋导程的涡轮叶片,完成了堆芯涡轮流量计的机械设计和加工。然后,使用实验数据统计与分析的微分方法,解决了将积分信号处理成随时间变化的瞬态流量的难题。由于当时还没有瞬态信号的记录仪表,实验测量只能使用计数器与步进继电器记录流量信号。最终,在清华 200# 核反应堆工程建成调试实验中,使用涡轮流量计成功地获得反应堆堆芯惯性流量曲线。20 世纪 70 年代,我在图书馆见到了 1965 年出版的美国资料,其中有介绍 1964 年美国橡树岭国家实验室首次把涡轮流量计用于测量核反应堆堆芯稳态流量的文献。这时我才明白,当时我采用的测量核反应堆堆芯瞬态流量的方法,属于优先或至少同步于世界该领域的技术水平。我的毕业设计得到好评,毕业时获得蒋南翔校长签名的优秀毕业生奖状,这是对我解决工程问题能力的肯定。

为中国核动力事业拼搏

1965年从清华大学毕业,我来到715所(1969年迁往四川夹江)第一研究室报到。与领导我的专业组组长张英俊同志初次见面时,他就热情地告诉我:"研究所的人事部门同志今年到清华大学录用毕业生,专门到工程物理系点名要你来研究所工作,你的专业工作都安排好了。"当时,国内高等院校根据国家需要和安排,进行大学生毕业分配,首先由国防科研单位和国家重要机关入校选择毕业生,然后由学校分配其他毕业生。令我惊讶的是,研究所怎么会知道我这样一个普通毕业生?原来,在清华200#的核反应堆工程现场,我的论文公开答辩会中有国内核工业界不少专家参加,包括715所的同志。该同志回到研究所,立刻写报告要求去清华大学把我调来,直接参加研究所的研究项目。715所承担的科研攻关实验项目中,核反应堆堆芯流量分配测量的实验方法尚未被解决,研究所相关人员建议采用我论文使用的堆芯流量测量方法,获得研究所领导同意。

来到715所后,单位马上派我单独到上海热工仪表研究所出差,开展军用核动力装置堆芯水力实验用的大批量涡轮流量计的研制工作。就这样,我一直在远离北京的相关研究所、仪表厂、实验室忙于大批量专用涡轮流量计研制和军用核动力装置水力实验工作。

1975年,我已经成为中国核动力研究设计院核反应堆水力实验室的技

入川初期,九〇九基地职工的宿舍

影入平羌

1966年，九〇九基地核潜艇反应堆水力模拟实验室初期基建现场

1971年，王秀清一家搬迁到九〇九基地，途经成都杜甫草堂留影

1980年，王秀清一家在九〇九基地2号点石面堰桥头留影

1980年，九〇九基地2号点实验室大楼前，全室同事合影。后排左四为王秀清

术负责人。毕业后 10 年，我又一次面临工程技术领域巨大机遇与风险的考验。当时，我国第一个用于核材料生产的大功率核反应堆被称为生产核反应堆，主管单位国务院核工业部准备提高该反应堆的运行功率。为了核反应堆的安全，必须验证提高功率所使用的分析计算程序的准确性，就需要做核反应堆热工水力瞬态实验。事关重大，核工业部向国务院和中央军委提出申请，在该核反应堆上进行一次带功率的全厂断电实验。核能领域专业人士都清楚，全厂断电是最容易引发核动力厂严重事故的初始事件，核动力厂在设计、建造、运行各个阶段，一般都要采取众多措施以避免全厂断电事件的发生。生产核反应堆的带功率全厂断电实验可能带来灾难性后果，但是如果实验成功，提高军用核材料产量就指日可待。最后，中央批复：同意实验，只能做一次，只许成功不许失败！

为完成这个实验，801 厂厂方和北京某研究院的专业人员已经提前一年准备了实验方案。原定全厂断电实验日期的前两周，核工业部通知中国核动力研究设计院要求相关专业人员到现场观摩和咨询，因为中国核动力研究设计院刚刚完成军用核动力装置科研项目，具备核反应堆堆芯热工水力分析和实验的能力。接到上级通知，我和我院其他一批同志立刻去到实验现场。全厂断电实验总指挥、厂方总工程师王鼎铨同志主持现场实验方案介绍会，他认为实验方案还需要完善，因为使用的实验测量传感器是反应堆冷却剂系统原有的运行测量仪表，反应堆堆芯没有设置测量点。会议中，他恳切地询问我们："有没有办法在反应堆堆芯设置测量点？"大家沉默不语，我环顾左右，犹豫再三，终于鼓起勇气，肯定地说："有。"随后，我详细介绍了用反应堆堆芯涡轮流量计测量全厂断电核反应堆堆芯瞬态流量的想法。此时，我方人员不断地示意我不要介入该项实验。面临如此大的风险，又没有实验准备时间，万一失败，会影响中国核动力研究设计院在核工业领域的声誉。听完我的发言，王鼎铨同志完全同意我的方案，立刻派厂方人员动身去四川夹江中国核动力研究设计院二所我的办公室取回专用涡轮流量计和测量仪表，并且报请北京方面领导机关协助，动用专用火车车厢专人押运这批仪表到甘肃实验现场。同时,我在实验现场紧张地进行涡轮流量计装入反应堆堆芯和测量的准备工作,在启动全厂断电实验的前一天,如期把改装后的专用涡轮流量计准确装进反应堆堆芯。次日,实验按照计划进行。王鼎铨同志一声口令,专门为801生产核反应堆供应电力的803发电厂,在核反应堆80%额定功率运行工况下,执行了全厂断电的拉闸操作。此时,被我们直接安放在反应堆大厅地板上面位于反应堆堆芯顶部的五笔动态记录仪在记录纸上准确地绘出反应堆堆芯的瞬态流量曲线,实验完全成功!而厂方和北京某研究院用一年时间准备的原实验方案则宣告实验失败。

1978年,第一届全国科学大会召开,中国核动力研究设计院完成的801厂全厂断电实验和"长征一号"攻击核潜艇核动力装置水力实验同时获得全国科学大会奖。随后的科研工作成果又获得1985年国家科学技术进步奖三等奖,我是第一获奖人。次年中国核工业总公司授予我"有突出贡献青年专家"称号。

国家科学技术进步奖三等奖证书

1986年,我在中国核动力研究设计院听到切尔诺贝利事故的新闻报道,出了一身冷汗。801生产核反应堆与切尔诺贝利核反应堆属于同一个反应堆类型,是用轻水作冷却剂、石墨作慢化剂的大型核反应堆,其热工水力特性、物理特性、堆芯结构都类似。801厂全厂断电实验和引发切尔诺贝利事故的初始实验,虽然各自测量的参数不同,但是同属于核反应堆带功率的

801生产核反应堆模型。1975年曾在该堆完成全厂断电实验

现场瞬态实验。切尔诺贝利事故造成世界性灾难后果，不由得引起我对801厂全厂断电实验的事后恐惧心理，如果当年全厂断电实验发生类似于切尔诺贝利式的反应堆堆芯蒸汽与石墨激烈反应引发的爆炸和放射性物质严重污染事故，在核反应堆堆芯顶部进行实验测量操作的同事将首先遇难，其余后果不堪设想。今天，在研究切尔诺贝利事故原因以后，有理由确信，如果切尔诺贝利实验按照中国科研人员开发军用核动力装置的严谨、精确、勇于突破的科研作风进行，切尔诺贝利事故或许不会发生。

1979年秋，国家力学学会在无锡召开全国第二届流体力学学术会议，相距1964年召开的第一届，过去了15年。我的论文《管内层流瞬态分析》在会上发表，不久后被刊登在由该协会主编的学术期刊《力学学报》上。论文论述的物理现象来源于801厂1975年全厂断电实验后遗留的一个流体力学工程问题。全厂断电实验后，801厂厂方、参加实验的北京某研究院带队领导和我讨论他们的实验方案失败的原因时，我指出他们使用孔板流量计测量瞬态流量存在压力管传递瞬态压力的波形畸变,即使没有意外电磁场干扰,测量的堆芯瞬态流量也不准确。我在现场无法给出理论推导,只能从概念判断。从甘肃实验现场回到四川后,我带着此问题在单位图书馆查阅大量数学、力学相关资料,断断续续用两年时间深入思考,终于设计出该现象的物理模型,编写了该现象的偏微分方程,最终得到一组波形畸变的压力曲线。我长长地松了一口气,该工程问题终于有了准确的理论说明!我践行了科学家费米的说法:"科学理论需要工程实践验证,反之工程物理现象也需要科学理论解释。"

攀登的乐曲

1986年底,我离开中国核动力研究设计院,调到北京工作。此时,全国掀起出国留学的大潮,去美国费米工作过的地方留学、完成我"追星梦"的机会来临。决心一下,我50岁时,毅然参加教育部留学人员EPT考试,最终考试通过,获得以高级访问学者身份去美国留学的资格。留学地点我首选美国芝加哥大学的阿贡国家实验室,因为这是费米生活和工作过的地方。我请清华大学王大中校长、徐元辉教授为我写了推荐信,正式向阿贡国家实验室提出公费留学申请,很快得到对方的邀请函。1992年春,我踏上美国土地,来到阿贡国家实验室,在材料和设备技术分部和美国同事一起进行核反应堆热工水力分析工作,开始了我的留学生活。阿贡国家实验室位于一片小树林之中,像一座美丽花园,野生白鹿经常出没其中。费米是阿贡国家实验室的第一届主

在芝加哥一号堆纪念碑前

任，他领导的第一个世界核能发电的快中子反应堆就在这里诞生，所发的电力象征意义地点亮了几只电灯泡。初到阿贡国家实验室，相关部门人员约我例行谈话。他得知我来这里留学是为了追寻我崇拜的偶像费米从事专业工作的脚印，被我的执着追求感动了。我的公费留学结束日期到来之前，他主动延长我的留学期限，为我办理手续，并且给我提供资助，其金额远高于阿贡国家实验室同类高级访问学者的资助标准。1993年，阿贡国家实验室同人得知我决定结束访问动身回国，专门赠送我一盘费米与他的合作伙伴讲话的录音带、一盒讲述阿贡国家实验室历史与现状的录像带。

回国后不久，我转到国家核安全局（现为国家生态环境部）

《世界核电复兴的里程碑：中国核电发展前沿报告》

核与辐射安全中心工作。在美国阿贡国家实验室工作时，我有机会介入美国西屋公司AP600、AP1000型世界第三代核电站的研究项目，成为最早了解该类型核电站的中国专业人员。回国后我一直关注世界核电发展趋势，2003年相继在中国电力发展学术论坛和相关刊物上发表关于国家未来核电站发展技术路线的文章。2008年我的著作《世界核电复兴的里程碑：中国核电发展前沿报告》出版，该书主要论述AP1000型核电站的优点与发展前景。恰逢国家发改委与美国西屋公司合作，准备引进美国该型号核电站，我的书受到社会关注，引起中国国际关系学者的兴趣。

2009年我70岁，该书是我数十年科技人生的最好总结！

核电强国逐梦之路

文 | 袁瑞珍

张森如

| 科学家简介 |

张森如（1941— ），四川青神人。1965年毕业于清华大学工程物理系，先后在二机部二院、15所、715所和中国核动力研究设计院工作。1993年享受国务院政府特殊津贴，2003年当选为四川省学术和技术带头人。历任中国核动力研究设计院设计所安全分析研究室主任、设计所所长、副院长、专家委员会副主任、研究员级高级工程师、博士生导师和清华大学兼职教授。主要从事核反应堆安全分析和工程设计工作，负责过秦山二期核电站反应堆的开发和设计、先进压水堆核电站关键技术攻关等工作。曾获国家科学技术进步奖一等奖1项、部级科学技术进步奖三等奖6项，先后到美国、瑞典、芬兰、法国、韩国、奥地利等国家参加国际学术交流会议，在国内外杂志和学术交流会上发表论文40多篇。

张森如曾任秦山二期核电站第一项目负责人，由于在秦山核电二期工程建设中做出突出贡献，2004年被国防科工委、核工业集团公司授予"劳动模范"光荣称号。

张森如似乎生来就与"核"有缘，他最大的梦想就是能亲自设计建造中国自己的核电站。他是一个科学的探险者，一个为实现自己心中的梦想不断拼搏的奋进者。在他儒雅的外表下，潜藏着坚韧不拔、深谋远虑、周密细致、干练果敢等极富个性的特质。

张森如祖籍四川青神，因父亲在四川隆昌工作，母亲与四个孩子随父亲到隆昌生活，张森如在那里度过了小学、初中和高中时期。1959年他以优异的成绩考入清华大学工程物理系核反应堆工程专业。经过6年的学习，1965年毕业时，他毅然放弃了留在清华大学任教的机会，选择了从事核动力尖端科学研究。

他认为能参加秦山核电二期工程的建设是件很幸运的事，因为能亲自见证我国独立自主建造的第一座商用核电站的全过程，并非人人都能有这种人生经历。

梦开始的地方，就是春天开始的地方

20世纪70年代初，中国核动力研究设计院在既无外援又无任何参考资料的前提下，依靠自主创新设计建造了我国第一座压水型核反应堆，填补了我国一项国防尖端科学技术空白，为我国潜艇核动力打下了坚实的基础，同时也激发了核动力院人和平利用核能、实现核电国产化、发展中国核电的梦想。周恩来总理在接见中国核动力研究设计院的代表时，曾给予高度评价，称赞第一座压水堆是个"样板"，是我国"核动力的起点""核电站的基础"，并热切期待着中国核动力研究设计院能在利用核能发电方面为国家做出更大贡献，他叮嘱中国核动力研究设计院的代表说："第一座压水堆成功了，陆上核电站有了，你们的成功就更大了。"

无疑，周恩来总理的深情叮嘱给核动力院人的梦想插上了飞翔的翅膀。

1972年，中国核动力研究设计院根据第一座压水堆工程经验、中国国情和国际核电发展趋势，确定了"自力更生为主、立足国内，堆型选压水堆，功率规模选50~60万千瓦，采用标准两环路设计，条件成熟时过渡到大型机组"的科研设计原则。

之后在中国核动力研究设计院前行的路上，不管经历多大的风雨，遇到多大的困难，历届领导班子和科技人员在从事潜艇核动力研制的同时，从来没有放弃过核电站的方案设计工作，投入满腔的激情陆续开展了50万千瓦、60万千瓦、90万千瓦等多种压水堆核电站及核岛的方案设计与可行性研究，获得多项成果，承担并完成了秦山核电一期工程的部分重要实验项目，为我国走核电国产化道路做了充分的准备，积累了大量的经验。

但核电国产化仍然处于期待中。

这时，核动力院人的激情似乎趋于冷静。

但冷静的激情却使期冀更具有了铁质，使情绪更具有了张力，使春天更具有了速度，向着朝思暮想的远方，扬起的翅膀怎能收住！

这一天终于来了！

1987年12月，我国第一座自主设计、建造、运营、管理的大型商用核电站——秦山二期60万千瓦核电站工程设计任务决定采用招标的竞争方式确定承包单位。核电秦山联营公司给中国核动力研究设计院发来了招标书。

这一纸标书，再次点燃了埋藏在核动力院人体内火热的激情，全院上下灯光彻夜通明，从12月20日接到招标书到准备好印刷精美的投标文件，仅用了28天时间。

1988年1月22日至28日，在北京马神庙一号主楼301会议室，招标会议在紧张肃穆的气氛中举行。经过最终的陈述、答辩，1月28日上午，评委庄严宣布：中国核动力研究设计院以91.33分的绝对优势在反应堆及主冷却剂系统设计标段中中标！

喜讯迅速传回中国核动力研究设计院，全院上下欣喜万分。院领导立刻组织精兵强将一头扎进秦山二期60万千瓦核电站反应堆及主冷却剂系统和

秦山二期核电站全貌效果图

相关的仪表控制系统的方案设计、初步设计、技术设计、施工设计中。

如今，秦山核电二期工程早已完成，1、2号机组经过连续运行，取得了良好的业绩。而其中由中国核动力研究设计院承担的反应堆及主冷却剂系统和相关的仪表控制系统的设计，则成为我国自主建设商用核电站重大跨越中最值得骄傲的成就，受到四川省政府的通报嘉奖。时任国务院总理温家宝在2006年的批示中对此给予了充分的肯定与赞扬："秦山二期工程，坚持自主设计和创新，取得多项重大技术成果，走出了一条我国核电自主发展的路子。"

这不仅是中国核动力研究设计院科技人员智慧的结晶，也浸透了以张森如为代表的秦山核电二期工程项目管理者的心血与汗水。

能参加秦山核电二期工程建设是件幸运的事

2002年2月6日，初春的江南大地还寒气逼人，而地处杭州湾畔的秦山二期60万千瓦核电站工地上，火红的旗帜迎风招展，七彩的气球凌空飘荡，工地呈现出一派火热的景象。人们期盼已久的由我国自行设计、建造和管理的秦山二期60万千瓦核电站1号机组就要并网发电了！下午1点15

分，随着按钮的按下，反应堆在安全壳内提升功率，当核裂变转化发出的强大电流通过高压电线源源不断输入华东电网，1号机组首次顺利并网发电成功时，整个海盐工地沸腾了。在震耳欲聋的鞭炮声中，人们欢呼雀跃，热泪流淌。是啊，这一天等待了多久啊！我国终于有了自主设计建造的第一座商用核电站了。出席1号机组并网发电仪式的中国核动力研究设计院副院长、秦山二期核电站第一项目负责人张森如的眼眶湿润了，他紧紧盯着核电厂房控制大厅中反应堆闪烁的仪表。此刻，在他的眼里，这些不断闪烁的仪表比世界上最漂亮的花儿都美，因为仪表线路连接着的核电站的心脏——核反应堆及主冷却剂系统和相关的仪表控制系统的设计是中国核动力研究设计院引进技术消化再创新的成果！

这成果让张森如既兴奋又感慨！曾经的艰辛与困苦、探索与拼搏在他心里汇成一条河，流淌着成为一首隽永的歌……

1948年张森如和父母及三个哥哥

张森如（中间）高中时代表泸州专区参加四川省中学生运动会时与同伴的合影

张森如与妻子安华的结婚照

张森如在清华大学

张森如在清华大学校园里弹奏吉他

1965年，张森如（前排右一）所在的理论计算组获评"优秀毕业设计小组"

临危受命，推出强硬措施

初春的成都平原，大地铺展着层层新绿。张森如带着一脸的倦容站在成都郊外青城山的石阶上，深吸了一口清新湿润的空气后，紧皱的眉头随即舒展开来。

如果你以为这位聪慧睿智、浑身散发着书卷气的学者此刻置身于绿野、青山之间，灵魂已进入物我两忘的境地，那就错了——秦山核电二期反应堆及主冷却剂系统的设计已到了关键

雪山下的张森如

秦山二期核电站

时期,作为第一项目负责人,他已很长时间没休息过了,大量纷繁复杂的事情常令他彻夜难眠。因此,他只能借助登山这样高强度的体力消耗来调节心绪,并盼望着今晚能睡个好觉。但此刻,就在他一步步向山顶攀登时,秦山二期核电站的问题仍然在他脑中萦绕,挥之不去。

是啊,在他的潜意识中,"责任"二字如达摩克利斯之剑悬在头顶,哪能容他有一丝松懈。当初承担这个重任时的情景,此刻清晰地浮现在眼前……

1997年7月的一天,夜的黑幕悄悄覆盖了大地。中国核动力研究设计院院长杨岐办公室里的灯亮着,这位倔强的男子,此刻正眉头紧锁,眼神中透着焦虑。秦山核电二期开建初期,设计工作一度陷入窘境。由于60万千瓦核电站的许多设备需从多国购买,如1号机组反应堆压力容器由日本制造,堆内构件由法国制造,控制棒驱动机构由中国核动力研究设计院开发研制、国内生产,这给中国核动力研究设计院的设计带来大量的接口协调工作。1993年至1994年期间,资金不到位,有关方不能提供设备参数,原本留给设计院一年多的设计时间被耽误,大量设备接口不规范且协调量大、计算工具少,再加上秦山二期核电站是参考大亚湾90万千瓦改成60万千瓦的,三个环路改为两个环路,有大量参数要重新计算,导致设计图纸远远跟不上现场施工进度，总体设计院正面临着工地上几千人等着设计图纸施工的巨大压力，而中国核动力研究设计院的设计只完成了60%的工作量，科研实验才完成近40%的任务，其中部分用于设计验证的重要实验装置还处于建设和安装之中……

由中核集团组成的联合检查组听取了中国核动力研究设计院的情况汇报后，一些领导同志明显流露出对中国核动力研究设计院的不放心，他们认为中国核动力研究设计院是搞科研的，缺少工程设计的经验，担心在反应堆及主冷却剂系统的设计上，不仅会面临与总体设计院同样的问题，更可能会影响整个工程建设质量。有些同志甚至还专门到设计所的两个研究室看设计人员是否会画工程设计图，看后竟然打趣说："看他们画的图纸有粗有细，还像那么回事。"

这事让杨岐院长窝了一肚子的火。他发誓，绝不让中国核动力研究设计院的设计和科研工作拖秦山二期60万千瓦核电站建设的后腿！

他和院领导班子决定，选拔一位既熟悉秦山核电二期工程设计情况，又具备较强管理能力与丰富经验的人担任副院长兼第一项目负责人，他要用中国核动力研究设计院强大的设计、科研实力和优秀的业绩让上级部门和领导放心！

1997年12月，这个重任落在了张森如的肩上。

张森如从1990年就开始参加秦山核电二期工程的设计工作，曾担任中国核动力研究设计院设计所安全分析研究室副主任、主任，1993年任设计所副所长，1994年起担任所长兼秦山核电二期第二项目负责人。他在科研设计和管理上，都以敢于创新、严于管理而著称。

临危受命，张森如走马上任了。他的心里沉甸甸的，这个责任重如山啊！

一个深秋的夜晚，他在灯下埋头整理自己的思路。当他写完后放下笔走出房门，站在阳台上，但见天边月牙西斜、星辰点点、夜凉初透，他深深地吸了一口清新的空气，一丝轻快的感觉掠过心头。

他提出了几条措施：

——管理模式采用国际上先进的项目管理模式,根据项目的特点,建立完善的组织机构,强化项目负责人的作用,由项目负责人负责设计和科研的全部活动。一切活动均在项目负责人的监督下严格按管理程序进行。

——将设计、科研与技术服务的项目分类整理,制订详细的设计、实验和现场技术服务进度计划,确保计划的实施。

——对设计之间,包括系统和设备、内外之间的接口进行高效有序的协调。

——对设计和科研之间的协调制订严格的程序,一切严格按程序办理。

——强化质保体系,所有文件须经编写、校对、审核、审定四级编审后交质保部门,并制订相应的奖惩办法。

——强化对设计和科研人员的外语、核电站相关知识、设计与实验过程中的相关程序的培训,全面提高设计与科研人员业务素质。

——通过中外合作,引进并掌握大量先进设计软件,提高设计水平,缩短与国际先进水平的差距。

这几项措施得到院长杨岐、院党委书记王海江等的全力支持。张森如忙碌的身影出现在设计、科研一线和秦山核电二期工程现场。他抓执行严厉果敢,抓技术精益求精,抓质量一丝不苟,抓进度不留情面,抓协调周密细致。随着措施的推行,各项工作迅速走上程序化、正规化和标准化的道路,设计和科研工作紧张而有条不紊地进行着。

2001年3月2日,秦山二期核电站1号机组一回路水压试验顺利完成。一回路压力升至设计要求的最高试验压力值,全面考验了中国核动力研究设计院设计的一回路系统和主设备的抗压能力。试验充分证明,中国核动力研究

影入平羌

1992年国际核能会议，张森如（左）和老同学王秀清在华盛顿

1995年，张森如（左二）在美国西屋公司进行学术交流

设计院设计的秦山核电二期反应堆及一回路系统是成功的，密封和抗压符合设计要求。

2001年8月31日，秦山二期核电站1号机组汽轮机首次非核蒸汽冲转获得成功。

2001年期间，秦山核电二期工程完成了我国首次堆内构件流致振动现场实测。在此过程中，中国核动力研究设计院不仅掌握了相关技术，其试验结果同模型试验结果也吻合，并证明了秦山核电二期堆内构件设计满足有关规范要求。

2001年12月28日，秦山二期核电站1号机组首次达到临界状态，临界硼浓度的试测值同中国核动力研究设计院事先提交的理论计算值相差无几，达到国际先进水平。这再次证明了中国核动力研究设计院堆芯设计的能力，因此获得国防科工委和中核集团公司领导的多次表扬。

2002年2月6日，1号机组首次并网成功，4月15日提前投入商业运行。

张森如的脸上露出了欣慰的笑容。中国核动力研究设计院承担的反应堆及主冷却剂系统和仪表控制系统的设计工作不仅没有影响现场的土建施工、设备安装和调试运行的开展，相反，充分展示了中国核动力研究设计院自主设计、自主创新的能力与水平，并为我国百万千瓦级压水堆核电站的自主设计打下了坚实的基础，积累了丰富的经验，也赢得了上级领导、核电秦山联营公司和兄弟单位的高度赞扬，就连原来对中国核动力研究设计院持怀疑态度的领导同志也投来赞赏的目光。

科技创新需要决断的胆略

正确的决断能力，需要以坚实的理论积累、丰富的实践经验和深入周密的调查研究为基础，而决断的意志则需要胆略，尤其是在众人意见不一致的情况下，对重大工程问题做出决策，更需要有抛开一切个人得失的勇气。为了实现心中的梦想，张森如与科技人员同甘苦共患难，做出了一个又一个的决策，经历了一次又一次风险，闯过了一道又一道难关。

1999年春节，秦山核电二期工程现场号子连天，一派火热，但中国核动力研究设计院的实验室里却异常安静，张森如的眼睛紧紧盯着数控装置上显示的数据。

这里正在进行反应堆控制棒驱动机构工程样机考验试验。

控制棒驱动机构是反应堆中唯一的驱动设备，是核电站的关键设备之一。它直接控制着反应堆的启动、功率调节及安全停堆，对反应堆的运行和安全起着至关重要的作用。按照"以我为主，中外合作"的方针，这台设备由中国核动力研究设计院进行自主设计和研制，一旦成功，将为我国重要核电设备走国产化道路做出历史性的贡献。

张森如组织中国核动力研究设计院设计所和二所的科研人员不断探索，历经磨难，终于取得反应堆控制棒驱动机构的设计和科研重大成果，并在上海先锋电机厂生产出了工程样机。

工程样机在上海先锋电机厂试验时突然发生意外，控制棒驱动机构在提升和下降时打滑，没有按照预定的速度运行，试验紧急停止。经过仔细的分析、核对与检查，认定不是控制棒驱动机构的问题，而是试验装置出了问题。张森如当即决定，利用中国核动力研究设计院的试验装置重新进行试验，以证明中国核动力研究设计院设计和开发的控制棒驱动机构是可靠并具有高性能的。

试验出奇地顺利，落棒试验也做得相当漂亮。当跑到300万步时，整个试验已非常成功，可以圆满结束，因为秦山二期核电站对控制棒驱动机构的试验要求只需达到280万步就符合规定的技术要求。

但这时，张森如却做出了一个出人意料的决定：试验继续做下去。他果断地对大家说："不要停止，继续跑！"

参加试验的科技人员愣住了，眼里布满疑云，有些同志当即提出不同意见。

张森如有自己的想法，他想一举两得。

在试验中,他发现控制棒驱动机构的整个试验结果、波图和受力情况均出乎想象地好,凭着扎实的理论功底和实践经验,他感觉还能跑相当长的时间,但究竟能跑多少,不得而知。而当时,中国核动力研究设计院正在进行国家"九五"科技攻关项目先进压水堆控制棒驱动机构的科研工作。眼前的试验如果继续做下去,不仅可进一步检验秦山二期核电站控制棒驱动机构的性能,也能在节约大量经费的前提下,完成先进压水堆控制棒驱动机构的科技攻关任务。但这事将冒很大的风险。一旦试验失败,不仅不能完成先进压水堆的科研任务,还得重新做工程样机,既会延误时间,也会让业主对控制棒驱动机构的技术性能和质量产生怀疑。

但科技创新从来就与风险相伴。

张森如组织设计所和二所的科技人员夜以继日地继续试验,连春节也在实验室里紧张忙碌。4个月后,数控装置上的读数已接近800万步。

这时,国家核安全局和核电秦山联营公司的专家们闻讯赶来,他们要亲眼见证奇迹的发生。

"到了!850万步!跑了850万步!"不知是谁惊喜地叫了一声。欢呼声骤然响起,人群中爆发出经久不不息的掌声。核电秦山联营公司一位姓高的专家激动地握着张森如的手说:"奇迹!真是奇迹!你们的成功使秦山二期60万千瓦核电站国产化设备上了一个很高的台阶。"

这件事后不久,张森如在秦山二期核电站1号机组非核蒸汽冲转试验中又做出了另一个重大决策。

秦山二期核电站在很多方面参考了大亚湾核电站的经验。从法国进口的大亚湾核电站是依靠蒸汽锅炉提供非核蒸汽,对汽轮机进行首次冲转试验。秦山二期是否也要采用这种方式进行汽轮机冲转试验?对这个问题在当时存在很大争议,为此提出了两个方案:第一个方案是采用大亚湾核电站的方式,在秦山二期核电站工地上建一座锅炉;而第二个方案则提出,中国核动力研究设计院设计的一回路水的单位功率容积比大亚湾一回路水的单位功率容积大,蒸汽发生器二次侧的容积也比较大,如果采用稳压器电加热和主泵运转产生蒸汽，在蒸汽发生器二次侧憋气，实现冲转，可为国家节省一百多万建锅炉的费用。

张森如头脑中反复缜密地思考着这个问题。他让技术人员进行仔细的计算和充分的论证，得出热量平衡的结论。他是热工水力瞬态分析专家，凭借多年的经验，张森如再一次冒着失败了不仅不能节省经费，还会造成因中国核动力研究设计院失误拖延工期的风险，做出大胆决定：采用第二个方案！

试验结果表明，汽轮机冲转至 3000 转/分，持续时间达 6 分钟，试验获得圆满成功，为秦山核电二期工程节约了一百多万资金并取得宝贵经验。

1995 年 8 月，张森如（左一）和上海核工程研究设计院原院长沈增耀在奥地利维也纳国际原子能机构总部与波兰专家合影

因秦山核电二期工程，中国核动力研究设计院共获得近 1.3 亿元的直接经费，荣获国防科工委一等奖 5 项、二等奖 14 项和三等奖 17 项，在这 36 项奖励中还有 1 项也是 2003 年国家科学技术进步奖二等奖。秦山核电二期工程核蒸汽供应系统设计和科研的成功，不仅给中国核动力研究设计院带来了经济效益，更重要的是提高了其核电设计开发的能力，为已建成的核电站运行提供了技术服务和支持，为新建核电站的设计和开发打下了坚实基础。两个机组投入商业运行后表明，各项指标符合设计要求。秦山二期核电站许多安全性能达到美国电力公司要求文件（URD）要求，并且是当时世界上已建和在建核电站中建造费用最低的。

向核电自主化新的目标迈进

秦山核电二期工程建设的成功,给了核动力院人极大的鼓舞,也让张森如清楚地意识到,要完全实现我国核电自主化的目标,还有许多难关需要攻克,特别是核电安全性问题,这是世界上先进压水堆的核心所在。他必须带领团队,继续走创新之路,哪怕前行的路上山重水复、障碍重重,也得去尝试、去攻关、去积累经验,为那个梦想,竭尽所能!

他的这种近于"偏执"的念头,正应了英特尔公司创始人、原总裁安迪·葛洛夫说的话:"唯有偏执狂才能生存。"也正是这种"偏执",让张森如成为国内权威的核电安全分析专家。他知道创新需要超乎寻常的前瞻性与实践性,所以他的眼光紧紧盯着世界的先进核电发展趋势。由于多年来致力于反应堆安全分析,张森如对核电安全性的领悟十分深刻。世界第三代核电技术 AP1000 相比第二代核电技术在安全性方面改进很多。AP1000 的基础是 AP600,对于 AP600,张森如一直跟踪研究了近 10 年,并且在充分理解吸收 AP600 技术的基础上,提出了中国先进压水堆核电堆型 AC600,成为这一技术的倡导者,在国内核电界被称为"AC 张"。

当大亚湾核电站岭澳一期引进法国的 4 台 M310 型机组后,中国核动力研究设计院作为国内唯一的核蒸汽供应系统的设计单位,可以接触到 M310 堆型的部分核心资料。张森如带领设计团队,硬是一点一点"啃"下了这来之不易的技术图纸,而且对 M310 技术进行了充分消化和钻研,在此基础上进行了大量的科研创新。他为岭澳二期扩建工程提出了两个自主化改进方案。一是把 M310 的 157 组燃料组件增加到 177 组,同时把反应堆安全裕量改进提高到大于 15%,这已经接近第三代核电技术水平,后来形成了中核集团大力推进的自主化核电技术——CNP1000;方案二是以 M310 为基础进行小改,也是适度提高安全性。这两个方案都被岭澳二期扩建工程所采用,都拥有一定的自主知识产权。但在当时,做这些工作的研究经费并不充足。为了推广自主化改进方案,张森如不但在实验室里带领一帮年轻人反复推敲演算，还亲自到广东、北京出差，其出差的频率是一年几十次，被他夫人安华戏称"比乡下人进城卖东西还频繁"。

引进、消化、吸收、再创新，这几个环节在张森如的工作中体现得淋漓尽致。秉承着不断创新的理念，从 AP600、AC600 到 CNP1000、M310 改进型，张森如一直走在别人的前面。

在张森如带领核心创新团队做了大量科研工作的基础上，中国核动力研究设计院在"九五"期间承担了国家下达的先进压水堆核电站 AC600 的开发研究工作。当时"九五"已开始两年时间，整个项目的经费缩减很多，但任务目标和研究内容并没有减少，时间短、任务重是该研究项目的最大特点。

在全院研究设计任务十分繁重的情况下，如何尽快把先进压水堆核电站关键技术研究的课题落实到具体的研究人员身上以让整个项目有序正常地启动，是当务之急。作为主管该项科研任务的副院长，他及时制订可行的计划，选定 10 个院级重点课题，提出研究方案，确定具体目标和研究内容，编写可操作的实验任务书，逐个签订承包合同。采取上述措施的同时，利用一切可利用的机会向大家宣传项目的来之不易和开展先进压水堆核电站关键技术研究的重要意义，使这个项目有序启动并走上良性发展的道路。

在上级领导的关心和支持下，通过大家的努力，先进压水堆核电站关键技术研究项目顺利完成，受到中核集团和国防科工委领导的表扬。

时间如一匹脱缰的野马，倏忽之间就进入了 2000 年。新的世纪，世界核电科技发展的步子迈得越发快。为了追赶世界核电科技发展的潮流，尽快实现我国核电自主化研发的目标，中国核动力研究设计院又一次站在了世纪之交的前沿阵地，承担了"十五"期间国家下达的核电自主化依托项目的设计工作，张森如再一次担任起核电自主化依托项目总设计师的重任。在中核集团的领导下，中国核动力研究设计院发挥自身优势，利用所掌握的 30 万千瓦一条标准环路的核蒸汽供应系统设计技术和试验研究手段，同兄弟单位合作完成了岭东核电站总体设计、百万千瓦级四环路核蒸汽供应系统初步设计、CNP1000 核蒸汽供应系统初步设计。在担任总设计师的同时，张森

张森如（左二）与国际原子能机构专家合影

如还参加了我国核电自主化依托项目招标书编写工作，并担任技术转让组组长。根据我国核电建设的要求和规划，岭东核电站和三门核电站共4台机组作为核电自主化依托项目，进行国际招标，并同时引进技术，为全面提升我国自主设计、加工、建造和营运百万千瓦级核电站的能力，构筑一个核电工业的技术平台，为今后核电自主化发展打下坚固基础。在国家发改委的主持下，由中国技术进出口公司、中核集团和广核集团成立了招标团，技术转让组首先收集核设计院、常规岛设计院和三大动力制造集团对技术转让的范围、内容和实施等的要求和意见，并多次组织设计院和三大动力制造集团专家、领导开座谈会，交流意见，最终完成了核岛和常规岛两个标的技术转让总要求、设计自主化、设备国产化、技术转让合同和投标文件要求等。

张森如在从事的所有工作中，牢记自己四川省学术和技术带头人的身份，不但自己培养硕士和博士研究生，而且为中国核动力研究设计院人才培养、一级学科博士点和博士后流动站建设等投入了大量精力。因为他清楚地知道，核电国产化研发的逐梦之路，要靠薪火相传，才能把那个美好的梦想变成现实的存在。

"华龙一号"承载新的梦想横空出世

作为中国核动力研究设计院核电国产化的学科带头人，张森如最大的心愿就是要在秦山二期核电建设的基础上，带领中国核动力研究设计院的年轻人，在核电国产化的进程中，探索和实现具有完全自主知识产权的新型核电项目。他提出了一个实现我国自己的百万千瓦核电站目标的核电技术——CNP1000，而这就是我国自主研发的第三代核电技术"华龙一号"核反应堆的开端。

在不断的技术创新和融合中，我国自主三代核电技术品牌"华龙一号"——全球最安全、唯一按计划建造的三代核电项目横空出世，并成为我国一张"走出去"的响当当的名片。

"华龙一号"命名源于中核集团 2011 年推出的"龙腾计划"，即通过自主创新实现我国核工业技术、装备和整体能力的提升，到 2020 年使我国核能创新水平达到或者超越世界水平。

在核电站中，核燃料在反应堆内发生反应放出核能，产生蒸汽驱动汽轮机，带动与汽轮机同轴的发电机发电，实现核能到热能再到电能的能量转换。其中的核燃料就好像一大把插在筷子笼里的筷子，这些"筷子"的数量以及排列方式，是一个核电机型最核心最重要的特征之一。"华龙一号"在创新性上具有三个显著特点：一是在国外的"121 堆芯""157 堆芯"等技术的基础上，创新性地提出了"177 堆芯"的概念。虽然此后基于这一概念的核电机型经历了参研单位调整、技术要求变化、技术方案优化等历程，"177 堆芯"这一核心特征始终未变，这一设计不仅可使核电机组的发电功率得到 5% 至 10% 的提升，同时也降低了堆芯内的功率密度，提高了核电站的安全性。二是具有国际最高标准的安全性，创新性采用"能动与非能动"相结合的冷却安全系统、能抗击大飞机撞击的双层安全壳、抗地震等技术。所谓"能动冷却"，就是利用电力驱动的水泵等设备将冷却剂压入反应堆，使非正常状态下产生的热量及时冷却，保证反应堆安全。日本福岛核事故主要原因就是海啸造成的海水涌入导致柴油发电机无法为"能动冷却"装置提供电力，进而导致堆芯熔化。而"华龙一号"除了具有"能动冷却"的手段，又额外引入"非能动冷却"系统，充分结合"能动"与"非能动"优势，即便出现极端恶劣情况，也不会发生日本福岛核事故那样的悲剧。三是"华龙一号"的自主知识产权全面覆盖了设计、建造、运行、维护等领域，装有"中国芯"，配备自主开发的核电专用软件，形成完整的知识产权体系。这不仅打破了国外对多项关键技术设备的垄断，达到世界领先水平，还因为第三代核电技术将成为全球核电产业的主流，预计到 22 世纪初都还有很大的市场空间。更重要的是，具有自主知识产权的"华龙一号"不再受国际管制的约束，为出口海外扫清了障碍。

截至 2022 年 3 月，我国自主三代核电品牌"华龙一号"示范工程的二台机组——中核集团福清 6 号机组正式具备商运条件。两台机组年发电能力近 200 亿度，相当于每年减少标准煤消耗 624 万吨、植树造林 1.4 亿棵。这一切标志着"华龙一号"示范工程全面建成投运。这是我国核电发展取得的重大成就，对优化我国能源结构和绿色低碳发展具有重要意义，它带动上下游产业链 5300 多家企业的发展，推动中国制造业转型升级向高端发展；同时也标志着我国核电技术水平和综合实力已跻身世界第一方阵，有力支撑了我国由核电大国向核电强国的跨越。工程在落实国家核电"走出去"战略，推动与巴基斯坦、沙特、阿根廷、巴西等 20 多个国家与地区建立核电项目合作意向，实现国内福建漳州、海南昌江批量化建设工程的顺利进展等方面发挥越来越重要、越来越独特的作用。

选择最初的坚守，向梦想出发

让我们将时间前移，回到那个值得永远铭记的时刻，1997 年中国核动力研究设计院老基地——九〇九基地那栋设计大楼里的那个午后。那天的午

影入平羌

后，设计大楼如往常一样静谧，突然从一间办公室里传来阵阵激烈的争论声，那是张森如在秦山核电二期工程设计任务完成、现场顺利开工后，将二十几名经历过秦山核电二期工程设计任务、具备扎实的专业功底和丰富的工程经验的科技人员带回基地，封闭式研讨中国自主百万千瓦级核电站设计方案的问题。张森如已经敏锐地感觉到，我国自主核电要发展，必须要考虑以后的路该怎么走。在这次热烈的研讨会上，科研人员提出了几种备选堆芯方案，如193组燃料组件、241组燃料组件，张森如把经过深思熟虑的"177堆芯"的概念推了出来。经过科研人员逐一讨论、计算、验算，结合经济性、安全性，"177堆芯"方案被最终确定。使用"177堆芯"是我国三代核电技术区别于国外技术的最主要特点，它可使堆芯换料周期由通常的12个月延长至18个月，将电厂可利用率提高至90%以上。

或许那时，他们中的任何一个人都不会预料到，这将成为"华龙一号"孕育17年的起点，他们的激烈争论，将会对世界第三代核电技术的发展、对中国"华龙一号"的横空出世产生多么深刻的影响。他们更不会料到，日后拥有壮美身姿的"华龙一号"会作为中国的国之重器，在2019年庆祝中华人民共和国成立70周年时，在天安门广场上惊艳亮相。那一刻的辉煌，会让中国人为之骄傲，让世界为之瞩目。曾经参加那次封闭式研讨会的科技骨干，后来成为中国核动力研究设计院副院长、"华龙一号"项目总经理的吴琳，在谈起那次研讨会时，仍然掩饰不住激动的心情，他说："这次讨论决定了中国核电自主化的技术方向，为'华龙一号'的成功埋下了希望的'种子'。"而同样参加了这次研讨会的副总设计师、核反应堆及一回路系统总设计师

九〇九基地设计大楼

刘昌文回忆起那次讨论也显得异常激动,他动情地说:"那时秦山二期还在建设,但大家已经在讨论中国什么时候能有自己的百万千瓦级核电机组这个问题。"

关于"华龙一号",我们再把时间往前移到1996年。当时,原国家计委在上海组织召开关于核电发展的研讨会,提出国家发展核电的方向不再是60万千瓦级,而是百万千瓦级。这便是促使张森如和他的团队萌发自主研发百万千瓦级核电技术的起因。

此时恰逢岭澳核电站二期正走自主设计、制造、建造、运营的路线,规划建设两台百万千瓦级压水堆核电机组。张森如事后回忆说,为拿下岭澳核电站二期工程,中国核动力研究设计院在秦山二期60万千瓦核电技术CNP600的基础上,开发了百万千瓦压水堆核电技术CPR1000。CPR1000在换料周期、设计寿命、数字化仪控、专设安全系统优化等方面进行了25项改进。在CNP600、CPR1000的基础上,中国第二代核电技术逐渐定型并取得了骄人的战绩,相继运用于浙江秦山二期两台机组、广东岭澳二期两台机组、辽宁红沿河一期四台机组、福建福清一期两台机组、浙江方家山两台机组、广东宁德两台机组、广东阳江两台机组、海南昌江两台机组的设计。遗憾的是,CNP600、CPR1000均是法国进口机型M310的改进型,在堆芯设计,特别是在燃料元件设计制造技术上,不具有完全自主知识产权,不能实现出口。

为了突破核电技术发展长期受制于人、不能实现出口的困局,振兴国内装备制造业,从1997年开始,中国核动力研究设计院自主创新地提出"177堆芯"的概念,功率确定为100万千瓦,机型确定为CNP1000,随后开展了主参数论证、概念设计、方案设计、模拟初步设计、工程初步设计,完成了反应堆整体水力模拟试验、反应堆堆内构件流致振动试验等一系列关键验证性试验。2005年10月,国家环保总局核安全中心对《CNP1000核电厂初步安全分析报告》进行了预审评。审评认为:CNP1000在安全方面的设计比国内同类核电技术更加全面和周到,将CNP1000核电技术定位于"二代改进型"核电技术是准确和符合实际的,经局部设计改进后具备上工程的条件。

后由于国家引进 AP1000 技术,为给引进三代核电技术预留更多的厂址,CNP1000 未能上工程。直至 2007 年 4 月,中核集团公司将 CNP1000 更名为 CP1000,即中国压水堆,并以福清 5、6 号机组为依托项目。此时,跟随张森如在 CNP1000 战线上奋战多年的吴琳脱颖而出,被委以重任,全面承担起整个项目的管理工作,在前期研发工作的基础上,开展了 CP1000 工程设计工作,同时开展了概率安全分析、重大设计方案研究及初步安全分析报告的编制工作。2010 年 4 月,中国核能行业协会组织的国内专家审查后,认为 CP1000 解决了中国自主百万千瓦级核电技术从无到有的问题,是一项重大突破,完全具备上工程的所有条件。2011 年,国家核安全局受理以福清 5、6 号机组为项目背景的 CP1000 安全审评工作,第一次初步安全分析报告对话会在同年 2 月 28 日、3 月 1 日召开。此时,福清现场负挖已经启动,预计当年年底实现福清 5 号机组浇灌第一罐混凝土。吴琳在 3 月 8 日这天由成都飞往福清现场,看到现场十多台挖掘机不停挖掘地基,意识到那个"177 堆芯"的自主百万千瓦级核电设计就要变为现实,吴琳心中充满喜悦与期待,用手机拍下一张照片,传给了远在千里之外的老领导张森如。

然而不幸的事情发生了!2011 年 3 月 11 日,日本地震引发海啸,造成日本福岛核事故灾难。中国紧急叫停了国内核电项目的审批,所有已开工的项目停工进行安全检查,已批准但尚未开工的不再开工。国务院提出,今后国内新建核电站必须以世界最高安全标准来审查,并且必须满足第三代核电技术要求。代表中国二代核电技术发展最高水准的 CP1000 再次搁浅。那些天,吴琳和他的团队成员的心沉入谷底,感觉眼前雾茫茫一片,看不到今后核电之路怎么走,不知道自主化百万千瓦级核电的梦想还能否实现。

2011 年 6 月,为应对世界核电形势变化,中核集团公司启动核电技术重点科技专项,重新布局核电技术研发,重新开展顶层设计。这个决策如新的曙光,又一次照亮了核动力院人的逐梦之路。经过两个月的论证,最终确定在 CP1000 工程设计的基础上,消化吸收引进的三代核电技术,充分考虑日本福岛核事故后的经验反馈，依据国家最新核安全法规要求，研发具有我国自主知识产权的三代核电技术 ACP1000。ACP1000 成为中国先进百万千瓦级压水堆核电机组的代号，它被视为中核集团占领核电技术制高点的重要标志性工程，肩负着带动核电相关领域关键技术提升、实现工程化应用、真正树立我国自主核电品牌、实现核电"走出去"目标的使命。中国核动力研究设计院在核工业集团公司的大力支持下，很快由一批骨干组成 ACP1000 项目部，开展三代核电即 ACP1000 反应堆及一回路系统研制项目，吴琳被任命为项目总经理。基于此前十多年的研发成果，项目部用 6 个月便完成了 ACP1000 顶层设计方案，并通过了专家评审。

为抢占国际核电市场，2013 年 4 月，在国家能源局和国家核安全局的指导下，在 ACP1000 技术的基础上，中核集团公司和广核集团公司将各自的百万千瓦级核电技术进行融合，形成我国拥有自主知识产权、自主品牌的三代核电技术结晶"华龙一号"。

历经坎坷，梦想终于敞开胸怀，拥抱这群痴情的人们。"华龙一号"经历的诸多"从无到有"的突破，都来自最初的那份坚守。这既需要定力与信心，还需要在坚守中无怨无悔、苦苦登攀，更需要打破桎梏、不断创新、不断提高技术水平。值得骄傲与自豪的是，核动力院人做到了！

"华龙一号"效果图

专业科室工作如鱼得水

文 | 邱希春

邱希春

影入平羌

| 科学家简介 |

邱希春（1940—），山东德州人。1954年至1957年就读于沈阳三十七初级中学，1957年至1960年就读于沈阳二中，1960年至1966年就读于清华大学工程力学数学系，1968年至1987年就职于九〇九基地，1987年调入上海科学技术大学数学系，2000年应聘至上海建桥学院。2010年退休。

工作报到的路上

我1940年出生在山东一个农民家庭,父母都是农民。我有两个哥哥,长兄大我17岁,在沈阳居住。我从山东农村小学毕业后,长兄叫我去沈阳读中学。在沈阳重点中学——沈阳二中读完高中,1960年我顺利考上清华大学工程力学数学系计算数学专业。

我们班由两个班合并而成,有50多名学生。第一学年新鲜而平凡。第二学年,系里在班上选了3名学有余力的学生,对他们提出更高要求,并指派教师进行专门辅导,我在其列。清华要求学生掌握两门外语,当时大部分学生以俄语为第一外语,5个机要系(工程物理系、工程化学系、工程力学数学系、自动化系、无线电系)要统一考试,然后把统考成绩前20名的学生又组成一个俄语提高班,我也被选入这个班。清华自编了一本俄语提高班教材,开头几篇是列宁和斯大林的讲话,后面就是文学作品,如《青年近卫军》《钢铁是怎样炼成的》《母亲》,还有普希金的诗、寓言《狼和小羊》等。这样上了一个学期俄语提高课,第二学期这个班就开第二外语英语课,都是晚上上课。

我从大学二年级开始看原版俄文教材,到三四年级时阅读俄文科技资料已没有任何困难。那时我对知识有一种渴望,清华为我们开的任何一门课,我都学得有滋有味。除数学外,我还学了物理、理论力学等。理论力学课程结束时的大考,老师出了6道题,试卷提示第5、6题可选做一题,而我觉得不难,把这两道题都做了,并且是第一个交卷,结果老师评下来给了5+。就这样,在以后的几年里,考试对我来说真不算难事,我又给自己提出一个要求,就是试卷一次做对,不要复查。如此一来,大部分考试我都是第一个交卷。

1966年7月毕业时,大学暂停了毕业分配。又过了一年,清华才真正启

影入平羌

大学毕业前邱希春（左）与同学合影

毕业前下乡的合影。前排右二为邱希春

动毕业分配。在1967年、1968年这两年里，由于没有学习的压力，比较空闲，又面临分配，我和我班的女同学薛友义完婚。她是不到18岁从上海的格致中学考入清华的，与我一个班。清华很想让我们知识面广一些，虽然我们的专业是计算数学和软件设计，但是也给安排了一些工科的课程，如金工实习。这门课是在校办工厂进行的，五人一组，由一名工人师傅带领，我和她分在一个组。后来，在去农村参加"四清"运动时，我和她又分在一组。这可能就是缘分，由相识到相知，再进一步到相爱。毕业分配前我们在山东老家完婚。

在毕业分配过程中，我告诉老师，我对生活条件不做要求，但希望有好的工作条件，就是学的东西能用上。结果我们被分配到九〇九基地。

我和妻子先后告别了在山东的母亲和二哥二嫂、在沈阳的大哥大嫂、在上海的岳父母，然后从上海出发，乘火车去成都报到。火车进了四川，过了广元站，就在一个地方停下了，前不着村，后不着店。据说前方因故火车不能正常行驶。就这样走走停停，总算到了成都。

我们拿着随身带的行李找到报到地点，成都四新旅社（九〇九基地出差人员在成都的定点留宿处）。这个旅店有十多个房间，只有一个公用厕所。所谓厕所，也就是简单的木板房里一个大坑，上面搭几条木板，人站在木板上十分恐惧，怕掉下去，更可怕的是粪坑中有硕大的老鼠跑来跑去。妻子很害怕，她哪见过这个场面！妻子上大学前都是住在上海家里，房子虽小但很干净；后来去北京读书，住清华学生宿舍楼。她在四新旅社见到了社会生活的"大世面"了。在四新旅社住了一天，第二天就得到通知，下午有汽车回九〇九基地，可以把我们送到基地。到了下午，确实有一辆车门印有"九〇九"的解放牌卡车停在旅社门口。

去九〇九基地报到路上的风险，至今记忆犹新！要出发时，开车师傅招呼回基地的人，先把行李装上车，然后人再上去。坐在行李上面的人和车帮高度持平。那时我们都是二三十岁的年轻人，一路上，有一种走在充满阳光的大道上的激情。好景不长，车刚出市区，轮胎爆裂，车不能开了。师傅似乎很淡定，独自去离我们最近的一个村庄拿了一些工具。我们几个男同学和师傅一起换上备胎，前后用了一个多小时。事故处理完之后，又上路了。此时，天也渐渐黑了下来。车上的人兴致也慢慢低下来，大家都往风小的地方移。就这样平静地过了几个小时，时间大概也快到半夜了，汽车突然向左猛打方向盘，又向右猛打方向盘，然后急刹车，停下来。师傅打开车门，问车上的人有没有事，大家回答没事。师傅这才放心地启动汽车。

后来才知道，这是成昆公路到夹江县前有名的危险路段"九道弯"，可能是天太晚，也许师傅太累了，如果不是他果断处置，我们可能就壮志未酬身先亡了。

四年磨难

1968年，我们到达九〇九基地之后，各校来的六六届毕业生集中住在3号点一个新建的土沙块干打垒房子里，一共住了六七十位同学。一开始，除四五位同学去参加"三通"（通电、通水、通路）外，剩余同学每天学习"二报一刊"的重要文章，其他时间自由安排。

影入平羌

依据当时政策,大学毕业生到工作单位报到后,先到该单位的基层参加劳动,一年后再到各科室工作。当时这种安排是否就是第一年的见习生活,大家都不知道,但同学们都有一个共识,希望走向正轨,不要消磨时光,因为这消磨的是青春年华,是生命中最宝贵的在九〇九基地的一段时光。我们把这个想法反映给基地的负责同志,他们表示支持。当时715所还没有搬来四川,九〇九基地的负责领导仍在北京办公。所以决定派三位同志去北京,向基地的负责领导反映诉求。我和李同学再加上基地干部处的一位同志被选为赴京代表。

在北京见到了孟戈非和彭士禄两位领导,我们把毕业生的诉求向他们做了汇报,两位领导都同意我们的想法。彭总写了一张便条,希望基地领导帮助解决。我们出差北京的任务完成,即刻返回九〇九基地开介绍信。基地生产组的同志很热情,把和本单位有协作关系的上海工厂清单交给我们选择,以便去劳动、锻炼。我们去上海落实工厂的事很顺利,完成后,即刻从上海返回基地,向领导和同学们做了汇报。此时基地干部处的同志也从北京回到基地,他带来了北京上级领导机关的决定:把来九〇九基地的新大学生都派去军垦农场劳动。两个劳动、锻炼方案摆在报到学生的面前,对此,有一部分同学采取了激烈的行动,但最终基地还是把我们送到了湖北的沉湖农场。

我被分到了农场七连七班任副班长;妻子被分到八连,那是女子连,离我有两里路。当时从其他农场传来一个顺口溜:"男农场女农场,8199来站岗,只准看,不准想⋯⋯"这是一些男同学对男女分开的调侃,好玩而已,并无恶意。经过两三个星期的学习和劳动,同学之间增进了了解,我们和解放军也熟悉了。我感觉连指导员对我印象比较好。举两个例子。其一是连队要进行党内两条路线斗争的政治学习,正常情况下,应由指导员做动员报告,但这一次指导员提前两天通知让我来做,可有两天时间不去劳动,在宿舍准备。虽然有时间,但是没资料,完全靠记忆组织。还好,过去的政治学习是认真的,头脑中还有些东西。两天后我在全连同学的面前斗胆做了一个多小时的动员报告,还受到同学们的欢迎。其二是我们平时是不被允许离开连队的,只有星期天允许每个班最多两人离队。有一个星期天指导员偶然碰到我,问我为什么没去见爱人,我告诉指导员我班外出名额已用完。指导员说:"我允许你去,你走吧!我和你的班长、排长讲一声。"我感到一丝暖流。

邱希春在农场劳动留影

好景不长,这种和谐的关系延续了半年就终止了。

当时参加劳动一年有余,何时结束根本没有消息。这群年轻人思想难免有波动。当时也有一种说法,要我们立志一辈子在农村从事农业生产,我们这也属于上山下乡的一部分。正在这百思不得其解的时候,我收到了清华同班同学的一封信,信中附了一份手抄的中央文件内容,主要就是关于大学毕业参加劳动的结束时间和返回原单位参加工作的规定,我及时向同学们宣读了文件内容,同学们十分兴奋,轰动场面可想而知。当时,我们连所有学生都住在一个大仓库中,仓库后面有一排平房住着连队的解放军干部。他们没收到上面的文件,这不可避免地对他们的工作造成很大的冲击。又过了一些日子,连队正式接到上级通知,要求做好结束农场劳动的准备工作,如自我鉴定、班组鉴定等。

随后,我们很顺利地回到了九〇九基地,在安排好的住处休息了几天。接到院里的通知,所有同学到平坝阶梯会议室开会,会上干部处同志宣布了各位同学工作的科室,奇怪的是我又被分到九〇九基地办的农场去劳动。好吧!我接受这种特殊待遇,按时赴基地1号点农场报到。我很快也想通了,我这无非是到农场劳动,对一个农民的儿子又有什么可怕的呢?唯独是苦了妻子，又要工作，又要带孩子。家中的事，我帮不上忙。还好妻子对我信任，不曾有一句抱怨。

婚后的这4年中，我和妻子都在农场劳动。前两年我一直在沉湖农场，妻子在上海生完孩子，孩子3个月时，她带着孩子从上海返回九〇九基地。又要工作，又要管这么小的孩子，想想都很困难。后两年，又是我的低谷时期，作为妻子的她，对我没有抱怨，绝对信任，为我减轻了许多后顾之忧。

当我被分到基地二所计算室之后，我们两个人"比翼双飞"，都出色地完成了室主任交办的工作，并且各有一个研究项目获得核工业部科学技术进步奖三等奖。

专业科室工作

我被九〇九基地人事处分到了二所计算室，室主任又把我分到了以张立吾为组长的MONTE-CARLO组。组长立马给了我一本北京401所老同志译的小册子，让我了解一下什么叫M-C方法。其实，在大学概率论与数理统计课上，老师在讲最后一章时曾介绍过这种方法，当时我在外文书店还买了俄文原版书。下班后我很快就找出了这本书。第二天，我把译文小册子还给了组长，看起了俄文原版书。对于俄文科技书，我可以不用字典顺利阅读，甚至比看中文译本还快，而且理解得深。在办公室，我很想知道老同志们在看什么杂志。有一天，我走到一位北大毕业的老同志办公桌前，桌上有一本英文杂志，*Nuclear Science and Engineering*。老同志对我说："你可能就认识一个单词。"言下之意是我只认识and。在他眼里，我毕业后经过参加劳动，折腾了6年，此时英语应该忘得差不多了。他的话给了我很大的冲击。

是的，1960年入清华，常规本科6年，应该1966年毕业分配工作，但又过了6年，即1972年才分到科室。虽然从事自己6年前所学的专业，但还有许多新的知识等待我去学习，这谈何容易。学过的知识要重温，没学过的知识要自学。老天啊！请多给我点时间，让我尽快适应工作。左思右想，只有一个办法，夜读。白天大家都在上班，我只有提高工作效率，而且一上午只离开办公桌一次，为的是去卫生间。下班之后，晚上 8 点开始学习，深夜 12 点或 1 点才休息，每天至少阅读 4 个小时。就这样，我读完了《矩阵迭代分析》英文版，并做了各章附的习题，还有格拉斯登的《核反应堆理论纲要》中译本的部分内容，以及外文的有关杂志，并做了 10 本笔记。

在此期间，发生了一件事。有一天 3 号点放露天电影，我陪着家人去看。电影结束时，已经晚上 10 点了。我想今天就陪家人先睡觉吧，明天早点起床，把阅读补上。到第二天凌晨 4 点，我就起床了。我的写字台就在卧室内，我看了一会儿书后想把煤饼炉拿到卧室里来，这样妻子和小女儿可以睡得暖和一些。这样过了一会儿，我头脑有点涨，小女儿也不断哭闹。早晨 6 点多，妻子起床了，刚出卧室就摔倒在地。我当时想到可能是煤气中毒，立刻请邻居小陈帮忙。小陈是职工医院的医生。还好，妻子和女儿都还好，没有落下什么后遗症。

由于养成了阅读的习惯，也坚持了数年，我的业务水平迅速恢复。这和我在大学的学习水平仍有差距，所以当二所力学实验室请西南交大的老师来介绍断裂力学时，我全程参加讲座。我对此并不满足，几千位大学生分到

1979 年 7 月 九〇九基地二所法语班结业合影。前排右三为薛友义

九〇九基地,都有继续学习的愿望,应该和全国各科学领域中的专家学者联系、交流,把别人的研究成果应用到我们的研究项目中,提高我们的水平,降低项目成本。

1981年,贵阳举办了全国计算物理讲座。这是由钱伟长主持、秦元勋教授主讲的一个讲座。室主任原定我和另外一位同事去参会,临出发时,另外一位同事放弃了,于是就我一个人参会。会议期间,大家建议成立计算物理学会,我发表了一些意见,希望在成立学会之前召开一次筹备会议,可由中国核动力研究设计院负责会务。大家一致同意。会后回到院里,我及时向院长做了汇报,院长表示支持。

1982年,计算物理学会筹备会议如期在峨眉山红珠山宾馆举行。设计部科技处的同志们不辞辛劳,高效、周到地完成了会议的各项安排,深受与会人员的称赞和好评,扩大了中国核动力研究设计院在全国的影响。1983年,我又被选派到四川外语学院进修英语。虽然我在清华选的第二外语是英语,但鉴于当时的国内外的形势,对于二外是不要求听、说、写的,只要求

1982年计算物理学会筹备会议专家合影。第三排右四为邱希春

计算物理学会成立大会暨首届学术交流会专家合影

能看懂文献资料即可。此时这个机会对我来说很重要，但在决定时，我还在北京出差，妻子在家就帮我定了，并把我的行李也委托同事一起托运走了。我这一去就是一学期，对我是好事，但对妻子来说，又要一个人带孩子、工作，辛苦可想而知。

到了学校，我决定充分利用这段学习时间练习口语。我采用的是笨办法，每天早晨比同宿舍的人早起半小时，首先把当前学的课文念熟，然后背出来，再从第一节课开始背，一直背到目前学的课。如此坚持了一个学期，还是有收获的。

进修完英语后，我请了中科院物理所的院士郝柏林来我院介绍奇怪吸引子。正在我接待郝柏林来院讲学时，核工业部来了电话，让我到西德去做访问学者，这让我十分为难。郝先生是我请来的，我一走，郝先生的生活起居我还是不太放心，而且我还想请郝先生到我院的子弟中学做报告，这样我们的孩子们虽远离大城市，也能接受到科学家和学者为祖国后代注入的能量。我只能放弃此次作为访问学者出国的机会。

在二所计算室，我又组织了一个学习小组，共同学习英文原著以及书内介绍的研究方法，一起提高我们的工作水平。

在科室工作阶段，我被派到由中国核动力研究设计院办的721大学教书，后又被派往夹江县由铁道部办的721大学教授高等数学。在多次教学活动中，我也找到了新的乐趣，也受到了同学们的好评。就这样，我在自己的专业领域如鱼得水。工作虽累，然而乐趣无穷，这恐怕就是人生的价值所在吧。

后　记

1942年，在芝加哥大学运动场地下室，美国科学家费米带领一批科学家建成芝加哥一号核反应堆，首次实现工程核裂变链式反应，人类进入了原子能时代，相继取得了原子弹试爆成功、核潜艇水下远航、核能发电等重大突破。

1970年，在四川九〇九基地，科学家彭士禄带领科研团队研制的中国核潜艇陆上模式反应堆达到满功率运行，开启了中国核动力新纪元。随后中国核潜艇下水，中国沿海的核电站先后拔地而起，拥有完全自主知识产权的第三代核电技术"华龙一号"走向了世界，中国成为核电工程技术的引领者。

为分别纪念两者的里程碑意义，美国在芝加哥一号堆旧址建立了象征核能的雕塑，如今已经成为芝加哥的地标；中国在九〇九基地广场建立了"中国核动力工程的摇篮"大型纪念碑，如今已经是作为红色教育基地的九〇九基地的标志物。

本书讲述了一代学子追逐原子能时代潮流、开创中国核动力新纪元的故事，描写了领航者的光辉业绩。他们是奔腾大海中的一滴滴水珠，散发出时代潮流的光芒。

书中作者忆及遥远的童年、久别的故乡，回忆时光匆匆的大学生涯，他们始终用自强不息的精神面对困难和挑战，在九〇九基地研制"长征一号"核潜艇动力装置、"华龙一号"核电站的过程中留下足迹，展现了多位从事科研工作的普通知识分子的一生。

李兴汉是本书的策划发起者，很遗憾未见本书付梓便驾鹤西去。本书的出版算是了结了他的一桩心愿，谨以此缅怀他吧！

王秀清
2024年5月11日于北京